JN044949

マドンナメイト文庫

少女中毒 【父×娘】禁断の姦係

殿井穂太

目次

contents

少女中毒【父×娘】禁断の姦係

第一章　妻の遺伝子

1

「ああ、いや。だめ、準《じゅん》ちゃん。花《はな》が起きちゃう……」

妻の明里《あかり》は、いわゆる痴女だった。

「大丈夫だよ。もうぐっすり寝ている。気にしないでほんとの自分になっちゃいな」

「ほ、ほんとの自分って……あああ」

明里はいつも、ひとり娘の花を気づかった。

花の私室はすぐそこにある。自分のいやらしい声が聞こえてしまうのではないかと、明里が気にかけるのも無理はなかった。

矢崎《やざき》準は、そんな妻にいつだってゾクゾクした。

まさか自分の幼なじみに、こんなスペシャルな秘密があっただなんて。

つつましく男を立てるような、生真面目でひかえめな女。

いつも弱々しく微笑んで、感情を露《あらわ》にすることもなければ、自己主張だってしたこともない。

それなのに——。

「ああン、だめぇ……」

夜の寝室でふたりきりになると、明里は隠していた素顔を見せる。

ムチムチした身体は、まさに全身性感帯。

うなじにキスをするだけで、電気でも流されたように敏感に反応した。

たわわな乳をもにゅもにゅと揉みしだくだけで「ああ、あああ」と人が変わったような声をあげ、女陰からは、異常なほど愛液をもらした。

——お父さん。

矢崎はそんな明里を毎夜のように抱き、清楚な美貌を持ついとしい妻から、卑猥なよがり声を出させた。

たしかに彼女の連れ子である、小学生の娘がすぐそこにいるのは気になった。

だがそれもまた、淫靡《いんび》なスリルのスパイスになっていた。

――ねえ、お父さん。

昼間とは打って変わった、おとなしい明里の異常とも言えるよがりかたに、いつだってペニスをビンビンに勃《た》たせた。

そして、熱気ムンムンの闇の中。

最愛の妻を素っ裸にさせ、大きな乳を揉み、しつこいほど乳首を吸い、媚肉だってこれでもかと言うほど舐めしゃぶり、そして……そして――。

「お父さんってば、ねえ」

「あっ……」

矢崎は我に返った。

見ればキッチンの入口に花が立っている。あきれたように眉をひそめ、小首をかしげていた。

「どうしたの。今、新聞読んでなかったでしょ」

怪しいなという感じのジト目になり、花は矢崎につっこんだ。

矢崎はキッチンテーブルの自分の席で、朝刊を広げている。

だが、たしかに花の言うとおりだった。いつしか彼は新聞の文字ではなく、自分の記憶を追っていた。

（やれやれ）

心中でひっそりとため息をつく。このごろ、いつもこうだった。それもこれも、おまえのせいなんだよとは、口が裂けても言えなかったが。

「いや、そんなことないよ。もう出かけるの？」

矢崎は小さくせき払いをし、ごまかすように花に問いかけた。

おだやかに晴れた秋の休日。

花はこれから近所に住む友人とふたり、街に出かけることになっている。先ほどまでのリラックスした部屋着ではなく、外出用の装いに着がえていた。

おしゃれなグレーのTシャツに、ブルーデニムのショートパンツ。

思春期ならではの健康的なフェロモンが、カジュアルな装いからも思わぬ濃密さであふれだしている。

（うう……）

いつも着ている学校の制服ではなく、愛らしい私服姿によそおった義理の娘に、矢崎は不覚にも、とくんと胸をはずませた。

そんな自分の狼狽《ろうばい》が、ばれはしなかっただろうなとすかさずあわてる。

ことあろうに父親が、血のつながらないひとり娘に浮き立っているなどとは、なにがあろうと感づかれてはならなかった。

「うん、そろそろ出かける。って言うか、杏奈《あんな》、今日も遅刻かも」

花は腕時計に目を落とし、かわいく苦笑した。

（ああ……）

ひとり娘の、そんななんでもないしぐさに不意をつかれた。

まったく男という生き物は、いくつになっても情けない。いや、自分が情けないことを男たち全員のせいにしてしまってはいけないか。

（花……）

少女は「遅いなぁ」と唇をすぼめて玄関のほうを見た。矢崎はこっそりと、そんな花を盗み見る。

近ごろはいつもこうだった。

花の目を盗んで、その姿を見つめることが増えている。やはりよこしまな思いのせいだろうか。矢崎は罪の意識におののいた。

だが花は、このごろどんどん女らしさが増してきている。

ついこの間までおてんばな女の子だったはずなのに、女子高生になったころから、みるみる雰囲気が一変した。

今は高校二年生。年齢的にはまだ十六歳だが、日に日に大人の女性になりつつあることを、いやでも意識させられた。

しかもそれだけならまだしも、日を追うことにこの少女は、ありし日の母親に驚くほど似てきている。

「………」

矢崎はなおも、ほの暗い目で花を見た。

小学生のころはどこか中性的だったのに、まがうかたなき美少女になってきている。

卵形の小顔と、背中までとどく烏の濡れ羽色をしたストレートのロングヘア。髪の頂《いただき》の部分には、天使の輪のようなキューティクルが輝いている。

色白の餅肌《もちはだ》も、楚々とした和風の美貌も見事に母親ゆずりである。一重の目もとが上品で、雛人形《ひなにんぎょう》のようにも感じられた。

すらりと鼻すじがとおっている。そのくせ唇はぽってりと肉厚で、なんとも言えない官能味すら、このごろではかもしだしていた。

そのうえ——。

（お、おい。見ちゃだめだ、ばか）

さすがに矢崎は自分を叱責した。彼の視線は吸いつくかのように、愛娘《まなむすめ》の胸に注がれる。

キュートな私服の胸もとが、圧倒的なボリュームで盛りあがっていた。

そのふくらみが、見るたび大きくなっているのに気づいたのは半年ほど前のことだ。

ついに花のおっぱいは、Gカップ、九十センチぐらいにまで発育をとげていた。

もちろん、正確にメジャーを使って測ったわけではない。だが、目測でもそれぐらいはあるように感じられる。

ダイナミックなふくらみは、中年男の淫らな思いをあざ笑うかのように、無防備かつ大胆に、たっぷたっぷとよく揺れた。

しかも、子供のころは心配になるほど華奢《きやしや》だったのに、体つき自体にも、日増しにふっくらとした女らしさが加わっている。

いまだ発育途上の、すらりと伸びやかな肉体ではあった。

だが、正直その健康的な色香にけおされ、目のやり場に困ることも近ごろではたびたびになっていた。

（それに……ああ、あの太腿！）

矢崎は悲鳴をあげたくなった。

花にはこれっぽっちも、見せつけている意識などないだろう。だが、デニムのショートパンツから惜しげもなく伸びる脚は、ただ長くて美しいだけでなく、このごろでは二度見必至の絶妙なムチムチぶりも加えている。

健康的に肉と脂の乗ってきた太腿に、フルフルと肉のさざ波が立った。ふくらはぎの筋肉がキュッと締まり、あだっぽい影を作りだす。

顔立ちだけでなく、たしかに花は体つきまで母親の遺伝子を色濃くしはじめていた。母娘なのだから当たりまえだと言われてしまえばそれまでだが、そんな親子のDNAに、間違いなく矢崎は翻弄されている。

日ごと母親に似てくる花に、胸をかきむしられるような苦しみをおぼえた。

結婚をして以来、妻の明里と情熱的に乳くりあいつづけた夜のしとねの記憶が、思いがけない鮮烈さでよみがえるようになった。

気を抜けば、先ほどのようにまだ午前中のキッチンでだって。

それほどまでに、矢崎の中で亡き妻と花は、いつしかひとつに重なりはじめていた。

明里は痴女だった。

清楚で淑《しと》やかな美貌の裏に、こっそりと、卑猥な素顔を隠していた。

そんな幼なじみに、矢崎は感激し、激しく燃えた。

寝室の闇で獣のような声をあげ、潮を噴き散らしてケダモノになった明里の思い出は、終生変わらない一生もののお宝だ。

だが、問題なのは花だ。

花はどうなのだ。花もまた、痴女なのか。

もしかしたらこの少女は美貌や体つきだけでなく、淫らさまで母親の遺伝子を受けついでいるのではないだろうかと想像すると、矢崎はどうしてもそわそわとした。

自分ではどうしようもないほど、胸が高鳴った。

いつだって懸命に自分を律し、花の父親としての務めを果たそうとした。

だが、このごろではそれもおぼつかない。

ともに暮らす義理の父がそんな精神状態にあることに、もちろん花は、気づいていないはずだ。

矢崎は、今年四十歳。

長いこと、Ｗｅｂコンテンツを制作するＩＴ企業に勤めていたが、二年前に妻の明里を病気で失ったのをきっかけに、フリーランスへと転身した。

その理由は、ほかでもない。再婚だった明里の連れ子である、当時中学三年生だった花の負担を減らそうとしたためだ。

花は健気で生真面目な少女だった。中学生の時分から優秀で、昨春には見事、地元の名門私立進学校に合格した。

明里が急逝したのは、花が受験生としていちばん大事な時期だった。

母親を失い、父ひとり、子ひとりの暮らしになったことで、子供ながらに思うことがあったのだろう。そんなに無理をしなくてもよいからと何度言ったかわからないが、花は母親を亡くしてから、いきなり人が変わったかのように、一家の主婦めいた家事を一手にしきってあれこれとがんばりはじめた。

矢崎はうれしかった。

小さなころから好きだった明里との生活はわずか三年で終止符が打たれたが、残りの人生はこの子とふたり、早世してしまった妻のぶんまで、しっかりとがんばっていこうと気持ちを新たにすることができた。

しかしそうは言いつつ、やはり受験生は受験生。花の気持ちはありがたかったが、やはりできるだけ勉強に集中させてやりたかった。

そんな事情から、矢崎は自分が主夫になる道を選んだのであった。フリーになることで、収入がさらに増す計算もなんとか立てられた。

また、こんなことを口にするのははばかられるが、明里の急逝によって、思いがけない保険金も手に入った。

なんとかなるだろう――。

矢崎はそう考え、花とふたりの家族会議も経たうえで、在宅勤務による生活へと暮らしを切りかえたのだった。

「こんにちはぁ」

「ああ、来た来た。もう、遅いよ、杏奈」

「あはは。ごめーん」

玄関の引き戸が開かれ、明るい笑い声がした。

「じゃあ、お父さん、行ってくる」

「おう。気をつけてな」

花は矢崎に言い、玄関に向かおうとする。矢崎は椅子から立ち、娘を見送りがてら、やってきた少女にあいさつをした。

「いらっしゃい」

「あっ、こんにちは」

廊下に出て、玄関を見る。三和土《たたき》には華奢な少女がいた。

近所に住む、十五歳の高校一年生、川畑《かわばた》杏奈。

花が矢崎たち夫婦とともに、中古で売りに出ていたこの家に越してきて以来、ずっと仲よく交流をしている一歳年下の女の子だ。

「あれ、杏奈ちゃん、また背が伸びた？」

矢崎は目を大きくしてみせながら、杏奈に聞く。

「えっ、そう？　て言うか、おじさん、そんなことよりこういうときは『あれ、杏奈ちゃん、またきれいになった？』とか言わないと」

「あはは。そうだよね。悪い悪い」

「うそうそ。あはは」

花は上がりがまちに腰を下ろし、靴を履いていた。

玄関にまでやってきた矢崎は、杏奈と他愛もない雑談をしながら、またもしみじみとときの流れの速さを思った。

（この子も大人っぽくなってきたなあ）

ついほれぼれと、花とは違う意味で見とれてしまいそうになる。

杏奈が花とふたり、ランドセルをせおってキャッキャとはしゃいでいたのはついこの間のこと。それなのに、気づけば花だけでなく、杏奈もまた大人の世界の入口へと、すでに片足を突っこんでいる。

相変わらずの細さだが、手も脚もすらりとしなやかさを増し、身体全体にやわらかみが加わっていた。

大人になったらモデルにでもなれるのではないかと思うスタイルのよさが、以前にも増して強調されている。

色白の小顔には、まだあどけなさが残っていた。

だがそれでも、前とは全然違う。

ボーイッシュなショートカットのせいで中性的に見えるものの、よく見ればその顔立ちにも、大人びたものがひそみだしていた。

アーモンドのように切れ長の目は、ややつりあがりぎみ。

二重の目もとはぱっちりとして、もう少ししたら間違いなく化粧映えしそうな美少女ぶりをアピールする。

幼さの残る雰囲気の中に、ガラス細工を思わせる硬質でクールなものを感じさせた。

不機嫌そうに黙られでもしたら、近よりがたいほどのものがありそうだ。

だが、実際の杏奈は陽気で明るい十五歳。小さな飲み屋を経営するシングルマザーの母親に育てられていた。反抗期のせいもあり、母親とはうまくいっていないようだが、他人である矢崎には、そんなそぶりも見せなかった。

「お待たせ、杏奈。行ってきまーす」

靴を履きおえた花が軽やかに立ちあがり くるりとこちらをふり返った。

「あ、ああ。気をつけて」

(おおお)

背中までとどく花の黒髪が、風をはらんでふわりと躍った。

目と目があう。

花の口もとから白い歯がこぼれた。しかも胸もとでは、たわわな乳房が惜しげもなくたぷたぷとはずんでいる。

そう言えば、この娘にも反抗期は来るのだろうか。

今のところ、その兆候は感じられない。

だがもしもそんな日が来てしまったら、いったいどうすればいいのだろう。

十代の少女ふたりはにぎやかに笑い、玄関の引き戸を閉めた。明るい声が通りに移動し、住宅街を少しずつ小さくなっていく。

「ふう……」

矢崎はため息をつき、ぐったりとうなだれた。このところ、いつもこんな感じである。完全に自分をいつわり、作り笑いと虚勢だけで生きていた。

「明里……」

思わず亡き妻にすがる。最愛の妻がこの世に遺《のこ》したもっとも大事であろうものに、こんな思いを抱くだなんて自分が怖かった。

「大丈夫だよな、俺。なあ、大丈夫だよな」

天をあおぎ、思い出の中の明里に問いかける。

記憶の中の清楚な妻は、どこまでもたおやかだ。先ほどまでの妄想の彼女とは一転し、温和な笑顔で目を細め、そんな矢崎に無言で応えた。

2

「相変わらずきれいに暮らしてるのね」

勝手知ったる他人の家。いや、正確に言えば他人ではないが、彼女にとって自分の家でないことは間違いない。

それでも熟女は、堂々とこの場をしきった。

自らお勝手に立ち、お湯を沸かして紅茶を淹《い》れる。手土産だと言って持参してくれた菓子とともに、それをリビングに持ってくる。

「ま、まあね。ああ、ありがとう」

「いえいえ。ウフフ」

命じられ、ソファの自分の席に座っていた矢崎は恐縮しながら礼を言った。

三十歳の熟女は、以前よりムチムチぶりが増していた。

親しげな笑みを浮かべる。ローテーブルにそつのない動作で、ふたりぶんの紅茶と菓子盆を用意した。

甘ったるい香水が鼻をつく。明るい栗色の髪が、艶《なま》めかしいウエーブを描いて波打っていた。毛先は肩のあたりでふわふわと躍っている。

姉妹だというのに、姉の明里とはあまり似ていない。

明里は花と同様、和風の美貌を持つ女性だったが、妹のほうは癒やし系の美女とでも言うのか。垂れぎみの目が、なんとも言えない色気をかもしだしていた。鼻も愛くるしいまるみを帯び、男好きのする顔立ちをしている。

一見柔和な印象ではあった。だがこれで男勝りの勝ち気さを持っているのだから、女というのはわからない。

浮気三昧の夫とも、派手なケンカをお約束のようにくり返していた。

大江真紀《おおえまき》。明里とは七歳違いの妹だ。

奥ゆかしい姉とは正反対の性格で、幼いころから活発だった。負けず嫌いな性格も、暴走しがちなキャラクターも、血を分けた姉妹とは思えない。

真紀との交流も、明里との結婚を機に復活した。

東京から電車で一時間ほどの地方都市。

蔵造りの町並みや古刹の数々で有名なX市が矢崎たちの地元だが、彼が明里と買ったこの家は、生まれそだった街とは車で一時間ほどの距離にある。

小さなころから淡い想いを抱いていた幼なじみの明里とは、父親の転勤を機に、矢崎が十六歳のときに離ればなれになった。

死ぬほどどうしろ髪を引かれたが、十六歳と十三歳ではどうにもならない。

矢崎の初恋は、どうすることもできないままフェードアウトした。

関西へと移った。

そんな矢崎がX市に戻ってきたのは、三十歳での転職が契機だった。

京都のIT会社に勤めていたが、縁あって東京の会社にヘッドハンティングされた。

通勤するにはいささか時間がかかったものの、暮らすならX市がよいと考え、駅近くの安い賃貸マンションを借りた。

それから半年も経《た》たないうちに、繁華街でばったり明里と再会したのである。

正直、そのような展開はこれっぽっちも期待していなかったと言ったら嘘になる。

だが現実に、そんなことが簡単に起きるとも思っていなかった。

懐かしい生家のある街を訪ねてみたこともあったが、すでに明里たち家族は住んでいなかった。

どこに越したのかもわからなかった。

再会するなど、夢のまた夢に思えた。

だが、奇跡は起きた。

明里はシングルマザーだった。家庭内暴力のひどい夫と離婚し、女手ひとつで小さな花を育てながら働いていた。

こうして、ふたりの物語はようやく動きだした。

その結果、真紀との再会も果たした。

矢崎の記憶にある幼い真紀はもうどこにもいなかったが、別人のような大人へと成長をとげた彼女は「義兄《にい》さん、義兄さん」と矢崎を慕った。

そんな義妹との交流は、明里が死んでからも変わることなくつづいていた。

Ｘ市の中心部にある分譲マンションで夫と暮らす真紀は、たびたび車で、矢崎と花の暮らす家を訪ねてきた。

だがこんなふうに、予告なく現れるのは珍しい。花と杏奈を送りだしてから、三十分経つか経たないかというころだった。

考えてみれば、ここにやってくるのは数カ月ぶりのはずである。

「……ほんとにきれいに暮らしてる。やもめ暮らしだから、いつ汚くなりだすかって、ずっと心配してたんだけど、花がしっかりやってるみたいね」

「ぶっ」

淹れてもらった紅茶をすすろうとしていたところで、真紀に言われた。もう少しで噴いてしまいそうになり、矢崎は苦笑する。

「あの、主夫としてあれこれやっているのは、基本的に俺なんだけど」

「もちろん義兄さんも一所懸命やっているとは思うわよ。でもこの几帳面さは、やっぱり母親ゆずりの花によるものと見た」

「ああ……まあね……あはは」

ふたりがけのソファに腰かけた真紀は、背もたれに体重をあずける。紅茶を飲みながら、リビングを見まわした。

キッチンからつづく十二帖ほどのリビング。ローテーブルとソファのセット、大型の液晶テレビとサイドボードぐらいしか置いていない、シンプルなインテリアである。

だがところどころに配された大小とりどりの観葉植物が絶妙なアクセントになって、この空間をセンスのよいものに見せていた。

たしかに矢崎ひとりなら、もっとゴチャゴチャとあれこれ置いていただろう。

だが、整然とした空間が好きだった母親の血をつぎ、娘の花もまた、シンプルイズベストとばかりにいつでもリビングをこぎれいにととのえた。

まさに、真紀の見立てのとおりである。

「勉強のほうはどう、花」

真紀は優雅な挙措で、脚を組んだ。

七分袖のワンピースはストライプ柄のブルー。膝丈のスカート部分からは、むっちりとした脚が惜しげもなくのぞいている。

「やってると思うよ。真面目だしね、あいつ」

つい好奇の視線を義妹の脚に吸いつかせそうになり、あわてて視線をそらした。お土産にもらったクッキーをほおばり、ほどよい甘さにそそくさと逃げこむ。

顔立ちも性格も違うが、体つきだけは亡き姉を強烈に思いださせた。肉感的なダイナマイトボディ。Hカップはあるだろう、圧巻の乳房。大きな尻の張りだし具合にも、息づまるほどの迫力がある。

「……そう」

すると、なにやら考えこむ顔つきになって、真紀はうなずいた。紅茶をすする。長い睫毛《まつげ》を伏せ、セクシーに肉厚の朱唇をすぼめた。

「うん？　どうした、真紀ちゃん」

なにか言いたげな横顔に違和感をおぼえた。矢崎はクッキーをかみくだきつつ、義妹にたずねる。

「……三回忌」

「……えっ？」

「終わったわね、三回忌」

真紀はカップの縁についた口紅をぬぐいつつ、独りごとのように言った。

「ああ、そうだね」

真紀の言うとおり、明里の三回忌法要を終えたのはつい三週間ほど前のことだ。法要の当日もケンカばかりしていた真紀夫婦の殺伐とした雰囲気を思いだし、矢崎は複雑な気持ちになった。

　真紀たち夫婦の痴話喧嘩は、明里が生きているころから姉である彼女も悩ませた、そうとうひどいものだった。

　明里はＤＶのせいで前夫と別れた自分自身の境遇もあり、いつでも真紀の相談に乗っていた。

　そして、明里と結婚してからはもちろん矢崎も。

「義兄さん」

「えっ？」

　真紀は、なおもカップの縁を指で撫でながら矢崎を呼んだ。矢崎はきょとんとして義妹を見る。

「ちょっと話があるのよね」

　そんな矢崎に、ようやく真紀は小顔を向けた。口もとに笑みを作ってはいたが、目つきは真剣そのものだ。

「な、なに」

　いつにない雰囲気の真紀に、さすがに緊張が増す。矢崎は居住まいを正して義妹を見返した。

「はっきり言ってもいい？」

「ああ……」

「…………」

「なんだい、いったい」

「ううん……」

口の重い真紀に思わずつっこんだ。真紀は身じろぎをし、覚悟を決めたという顔つきになって言う。

「いろいろと考えたんだけどさ」

「う、うん」

「やっぱり……義兄さんが年ごろの娘とふたりっきりで暮らすって、どうなんだろうって思って」

「ああ……」

「…………」

「……えっ」

矢崎は目を見開いた。誰にも見せていないはずの、自分の心の恥ずかしい部分に光を当てられたような気がして、一気にいたたまれない気持ちになる。

「真紀ちゃん」

「だってあの子、頭いいでしょ」

ソーサーにカップを置き、こちらに身体を向けて真紀は言った。

「学校の成績だっていいみたいだし、その気になれば一流国立大学への進学だって夢じゃないと思うのよ」

「ま、まあね」

「でも法事のときに聞いたら、大学になんて行く気ないって」

「うん……」

矢崎はうつむく。安堵《あんど》してもいた。どうやら矢崎の恥ずかしい本音に気づき、それを糾弾しようとしているわけではなさそうだ。

真紀が案じているのは、花の将来のようである。

たしかに真紀の言うとおりだ。大学より、早く社会人になりたいと、花は矢崎にも言っていた。

家計のことなら、そんなに心配しなくとも大丈夫だぞとくり返し言いつづけてはいるが、今のところ考えを変えるつもりはないようだ。

人もうらやむ名門進学校——矢崎でさえ行くことのかなわなかった一流私立高校に

籍を置きながら、花は高卒で社会人になる道を選ぼうとしている。学校でも上位をキープする才媛《さいえん》であるにもかかわらずだ。

そのことには、正直矢崎も少しばかり悩んでいた。

「私、思うのよ」

真紀は言う。

「なんだかんだ言いながら、あの子、けっこう家事とか負担なんじゃないかなって」

「家事……」

真紀に言われて矢崎はとまどう。そんな思いをさせるのがいやで会社を辞めたつもりだが、それでもやはり、まだまだ配慮が足りなかったのだろうか。

「花がそう言ったの？」

たまらず聞いた。しかし、真紀は首を横にふる。

「ううん、言わない。私がそう思っただけ。言わないわよね、あの子の性格だと。義兄さんへの遠慮だってあるだろうし」

いくぶん早口になって真紀は言った。

「そうか……」

「だからね」

真紀はなぜだか居住まいを正した。別に乱れていたわけでもないのに、スカートの裾をととのえる。背すじをまっすぐにする。

「だからね、義兄さん、なんだったら……」

「……うん？」

矢崎は真紀を見た。ほんのりと、真紀は美貌を赤らめる。

（……はっ？）

「な、なんだったら……わ、私……しばらくの間、この家でいっしょに暮らしてもいいわよ、みたいな」

「…………」

「…………」

「……はっ!?」

矢崎はすっとんきょうな声をあげた。真紀の話の先には、じつに意外な展開が待っていた。

「いや。あの、真紀ちゃ――」

すると――。

「ねえ、兄さん、聞いて。聞いてってば」

「わわわっ」

真紀が突然感情を爆発させた。

はじかれたようにソファから立ちあがる。矢崎に近づいた。彼の手をとり、強引に立たせると、自分の隣に座らせる。

3

「いや、えっと……ま、真紀――」

「あの馬鹿亭主、とうとう女の家に転がりこんじゃったの」

「ええっ」

矢崎の両手をつかんだまま、真紀は打ち明けた。

近ごろの真紀たち夫婦の様子を見ていれば、それはサプライズというほどの話でもない。性格の不一致ぶりは、はたから見ていても一目瞭然。明里と前夫のように暴力沙汰に発展しなければよいがとすら、矢崎は思っていた。

そういう意味では、とうとう来るべきときが来たかという感じではある。だが、夫に出ていかれた義妹のショックと悲しみを思えば、やはり同情を禁じえない。

「真紀ちゃん、それで——」

「ひどくない？　ねえ、義兄さん、ひどくない？」

「わあっ」

矢崎はさらにくわしい話を聞こうとした。ところが真紀は、そんな矢崎に抱きついてくる。

義妹の勢いをまともに受け、ソファに背中を押しつけた。そんな矢崎に覆いかぶさるようにして、真紀は熱烈にグイグイと身体を密着させる。

「ちょっと、真紀ちゃん……」

「義兄さん、ひどいでしょ。私、可哀想じゃない？　違う？　だってなにも悪いことしてないわ」

「いや。あの、落ちついて。真紀ちゃん、落ちついて」

思いがけない展開に、矢崎は目を白黒させた。

ワンピースの布越しに、ムチムチした女体の熱さとやわらかさを感じる。真紀の身体は意外なほど熱を持っていた。

セクシーなぬくみと得も言われぬ弾力。ふわりと鼻粘膜に染みこむ甘ったるいフレグランスに、不覚にも脳髄がジンとしびれる。

「真紀ちゃん、お、落ちつこう」

まずおまえが落ちつけと、自分につっこむもうひとりの自分がいた。虚空に伸ばした二本の手が、どうしたものかとパニックになる気持ちそのままに、わたわたとあちらへこちらへふりたくられる。

「こ、こんなことをして……いつ花が帰ってくるか――」

「帰ってこないわ」

「……えっ？」

「帰ってこない。夕方まで戻らないって言ってたもの、LINEで」

「あっ……むんぅ……」

矢崎は目を剝《む》いた。驚きのあまり、身も心もフリーズする。

だがこんなことをされたら誰だってそうなるだろう。どうして亡妻の妹が、いきなりキスなんかしかけてくるのだ。

「ちょ……真紀ちゃ……んむぅ……」

「アァン、義兄さん……んっんっ……女に恥、かかせないで……せつないの……私、せつなくて、せつなくて……んっんっ……」

……ピチャピチャ。ちゅうちゅぱ。

「おおお……んんむぅ……」

三十歳の人妻は、わかるでしょ、ねえ、わかるでしょと訴えるかのように、熟れ女体をさらに密着させた。そうしながら、右へ左へと顔をふり、ぽってりとやわらかな唇を矢崎の口に押しつける。

（ああ……）

こんなことをされたら、ひとたまりもなかった。

しかも、明里とも花ともタイプが違うとは言え、義妹もまた、男を落ちつかなくさせるセクシーな魅力に富んでいる。

そんな人妻に激情を露にしてキスなどされたら、どうしたって血が騒いだ。

もしかしたらこの人も、姉と同じ卑猥な血を引く痴女体質の女性なのだろうかと、思ってはいけないことまで思う。

そのうえ、どうやらこの展開はただの偶然ではなさそうだ。

真紀は矢崎でさえはっきりと把握していなかった、本日の花の行動の予定を知っていた。

本人から聞いたようである。つまり真紀は、花がいないと知ったうえで矢崎を訪ねてきたのだ。ひょっとしたら最初から、夫へのつらあてもあってこのような展開に持ちこむ気でいたのかもしれない。

（なんてことだ）

「んっんっ、ちょ……真紀、ちゃん、むあぁ……」

「ハァァン、義兄さん……なぐさめて……もう私、どうしていいかわからなくて……んっんっ……もう全部、どうでもよくなっちゃって……」

「ええっ。ああ……」

熱烈で性急な人妻のキスは、苦もなく矢崎を翻弄した。

もちろん、困惑する気持ちに嘘はない。

だが、久しぶりに感じる女体のぬくみとやわらかさ、唇のぽってり具合と甘い吐息の生々しさは、やはりとんでもない猛毒だ。

とまどう気持ちとは関係なく、股間に血液が流れこむ。

リラックスしたジャージのズボンの下で、ペニスが一気にムクムクと硬度と大きさを増していく。

矢崎の脳裏に明里とのいやらしい思い出が、あれもこれもとよみがえる。

（やばい。やばい、やばい。あああ……）

「アァン、義兄さん」

「わわわっ」

開きなおったかのような、真紀の行為は矢継ぎ早だ。

いきなりスルスルと下降し、床に降りた。

問答無用のはやわざで矢崎の身体に両手を伸ばすや、ジャージのズボンを下着ごとずり下ろす。

——ブルンッ！

「ああ、ちょっと待って……」

「あぁン、いやらしい。勃ってきてる。義兄さん、ち×ちんがもうこんなに。て言うか……」

露になったのは、半勃ち近くにまでなっていた肉棒だ。

真紀はその目を輝かせると、矢崎に股を開かせた。股間に陣どり、膝立ちになる。

半勃ちペニスを許しも得ずに、白魚の指にムギュッとにぎる。

「うわああ」

「ああ、義兄さん、けっこうち×ちん大きい。ああ、いやらしい」

「うわっ。うわあ」

真紀はくなくなと身をよじり、リズミカルなしごきかたで男根を擦過しはじめた。

棹《さお》の部分をしごくだけでなく、ふくらみかけた肉傘もシュッシュと指でさかんにあやす。

矢崎は天をあおいで観念した。

このところ、花のせいで悶々《もんもん》とすることが多かった。そのうえ、生身の女体とはもう二年以上もごぶさただ。

女なら誰でもいいというわけでは決してない。

だが、この誘惑者はあまりに魅力的だ。

(明里、ごめん)

真紀の白い指の中で、いよいよ陰茎が完全に反りかえった。

亡き妻を思うなら、真紀もまた、簡単に手など出してはいけない女性。それなのに、矢崎はもはや、いやらしいことしか考えられない。

「ああン、いやらしいわ。いやらしいわ。義兄さん、こんなにち×ちん大きかったのね。あいつとえらい違い。それなのに私ってば、こんなときもあいつのことばかり考えて……」

……しこしこ。しこしこしこ。

「ま、真紀ちゃん、おおお……」

ペニスの感度が高まった。激しくしごかれるそのたびに、甘酸っぱい電気が火花を散らす。

幹の部分の硬さが増した。先っぽの亀頭がぷっくりと、松茸《まつたけ》さながらに笠《かさ》を張りだす。あえぐかのように尿口をひくつかせる。

（もうだめだ）

「義兄さん、忘れさせて。ねえ、忘れさせてよ。どうして私がひとりぼっちで、さびしい休日を過ごさなきゃ——」

「おおお、真紀ちゃん」

「きゃあああ」

ついに矢崎はソファから飛びだした。

膝立ちになっていた真紀を立たせ、ムチムチした女体からワンピースの布を脱がしていく。

「ハぁン、義兄さん、アアァ……」

背中のファスナーを乱暴に下ろし、両方の肩から生地をずらした。服としての務めを果たせなくなった布が、すとんと落ちて熟女の足もとにまるくなる。

4

「いやぁ……」

(ああ、エロい!)

とうとう現出した魅惑の光景に、矢崎は息づまる気分になった。

やはり姉妹だ。明里とそっくりである。もっちりと肉感的なナイスボディは色白で、しぼりたてのミルクの色合いを思わせた。

しかもそこに、おそらく興奮のせいだろう、うっすらと桃色が混じっている。

真紀は漆黒のブラジャーとパンティをつけていた。

どちらも、わざとサイズ違いのものを選んでいるのではないかと思うほど、乳と股間にギチギチに食いこんでいる。

三十路を迎えた肉体は、コーラのボトルを思わせるエロチックなS字ラインを描いていた。

腰のあたりでキュッとくびれたそのラインは、そこから一転し、圧倒的なボリュームを持つヒップのまるみへとつながっている。

しかも——。

「くぅ。真紀ちゃん、こんなことをされたら、俺たまらないよ」

「あああ」

立ちすくむ女体を独楽《こま》のように回転させ、こちらに背中を向けさせた。うしろからむしゃぶりつき、髪をよけて白いうなじに接吻《せっぷん》する。

「アアアン」

それだけで、真紀は感電でもしたかのように身体を痙攣《けいれん》させた。矢崎は両手を前にまわし、黒いブラジャーのカップ越しに、見事な巨乳を鷲づかみにする。

……ふにゅう。

「ハアアァン、義兄さん」

「おお、やわらかい。そ、それに……やっぱり大きい！」

……もにゅもにゅ。もにゅもにゅもにゅ。

「アアァ。はぁン、だめ。うあああ」

せりあげる動きでネチネチと、たわわなおっぱいをまさぐった。

ブラジャーなど邪魔だとばかりに背中のホックをはずし、ついに乳房をまるだしにさせる。

――ブルルルンッ！

「おお、真紀ちゃん」

「んはあぁ」

ようやくラクになったとでも言わんばかりだった。はじかれたように、小玉スイカ顔負けのたわわな乳が飛びだしてくる。

ユサユサと重たげに揺れる乳の先には、ほどよい大きさの乳輪と、しこり勃った乳首が鎮座していた。

「はあぁン。義兄さん、いやン、いやン。はあああぁ」

「はぁはぁ。はぁはぁはぁ。ああ、やわらかい。やわらかい、やわらかい」

今度は直接、ふたつのおっぱいをつかんだ。

ダイレクトに触れる双乳は、男をせつなくさせるとてつもないやわらかさ。そのうえズシリと手応えがあり、せりあげればさらに重みを感じる。

少し汗ばみはじめたか。指に吸いつくかのようなしっとりした感触もなんともたまらない。

「真紀ちゃん、ああ、真紀ちゃん」

……もにゅもにゅ。もにゅもにゅ。もにゅ。

「あああ。義兄さん、ああン、いやあ……」

「ち、乳首、こんなに勃起して」

……スリスリ。

「ヒイィン」

……スリスリ。スリスリスリッ。

「あァ、いや。ゾクゾクしちゃうンン。鳥肌立つウウウ」

「おお、真紀ちゃん」

「あああああ」

興奮のあまり鳥肌が立ってしまうのは矢崎も同じだ。

衝《つ》きあげられるようなこの思いは、決して口にはできないが、どこかで明里たち母娘ともつながっている。

「あああン、義兄さん……」

「はぁはぁ。はぁはぁはぁ」

足もとをふらつかせる義妹を、ソファの上にいざなった。

背もたれに体重をあずけさせる。くびれた腰をつかんでこちらに引けば、三十歳の熟女は、あっという間に尻を突きだす四つんばいの格好になる。

「おお、真紀ちゃん」

「いやあぁン……」

（おおお……）

自分でさせておきながら、あまりのいやらしさに息苦しさがつのった。

こうして見ると、やはりなんと大きな尻であろう。完熟の季節へと向かいだした水蜜桃さながらの臀肉が、ググッとこちらに突きだされる。

そんな見事な尻を、黒いパンティが窮屈そうに包みこんでいた。尻を突きだすせいでさらに下着が突っぱり、尻肉にパンティの縁が食いこんだ。

息づまるほどの迫力を感じさせる、官能的な光景。

ヴィーナスの丘がふっくらと、ふかしたての饅頭《まんじゅう》のようにまるみを見せて盛りあがっている。

（こいつはたまらん）

たまらず矢崎は唾を飲みこむ。

衝きあげられるような激情とともに、甘酸っぱい思いにもかられていた。

いやでも思いだすのは、ありし日の愛妻。その人と血を分けた妹の尻は、やはり明里とよく似ている。

そうだ。ああ、懐かしい。明里が生きているころは――。

「うう、あか……ま、真紀ちゃん！」

矢崎は自分も着ているものを脱ぎすてた。

全裸になるや真紀の背後に近づいて、いきり勃つ肉棒を片手にとる。亀頭でスリットとパンティ越しにワレメのあたりをなぞった。

「あああああ」

すると真紀は、期待したとおりの反応を見せた。

強い電気でも流されたかのように、ビクンと身体を痙攣させ、ソファの背もたれにはじけ飛ぶ。

「おう。おう。おう……」

「ま、真紀ちゃん……」

熟女の勢いを受け、ふたりがけのソファが前へうしろへとガタガタと揺れた。

（ああ、エロいガニ股！）

不様な真紀の姿に、たまらずペニスがししおどしのようにしなった。

脱力した義妹は脚の持っていき場をなくしたかのように、品のない大股開きになったまま、断続的に尻を跳ねあげる。

つぶれたカエルを思わせる、惨めで煽情的《せんじょう》なポーズ。しかもよく見れば、パンティのクロッチにはお漏らしでもしたように、楕円形のシミがじょわあっと広がる。

(す、すごい)

「おう。おう……い、いやあ、恥ずかしい……おう。おう……」

真紀の痙攣は、まだなお断続的につづいた。どうやらそのたび力むらしく、クロッチにはじょわあ、じょわあっと新たな液体がにじみだす。

いやらしい水圧に負け、黒色のクロッチがふくらんではもとに戻る。

やはり、思ったとおりのようだ。

明里がその肉体に遺伝子として宿していた淫乱さは、血を分けた妹の真紀にも与えられていた。

ノスタルジーにすらかられる鮮烈な光景に、矢崎はいちだんと興奮する。

「くうう、真紀ちゃん」

「ハァアン……」

ガニ股で突っぷす熟女の尻に手を伸ばした。

矢崎は義妹のパンティを脱がせにかかる。

……ズルリッ。

「アン、だめぇ……」

（えっ）

驚きの声を心でもらしつつ、ふたたび四つんばいにさせた真紀から黒い下着をずり下ろした。

太腿から膝、膝からふくらはぎ、足首へと、まるまった布を下降させる。両脚から完全に脱がせれば、一糸まとわぬ美熟女は尻を突きだして挑発する。

（こ、これは……パイパン！）

矢崎は目を見開いて、真紀の局所を見た。

大福餅のようなまるみを見せる秘丘には陰毛一本生えていない。明里のそことは違う意外な眺めに、矢崎はフレッシュな昂《たか》ぶりをおぼえる。

（剃《そ》っているんだな）

首を伸ばして顔を近づけ、まじまじと肉土手をたしかめた。

よく見ればそこにはブツブツと、黒い縮れ毛へと成長するに違いない微細なブツブツの予兆がある。

天然のパイパンではなく、人工的に作りだしたもののようだ。

バスルームかどこかで自らカミソリを使い、大事な部分をのぞきこんでジョリジョリと陰毛を剃っている真紀を想像すると、矢崎の鼻息はますます荒くなった。

そのうえ、真紀の陰唇は、いかにも好色なたたずまい。

肉厚のラビアが百合《ゆり》の花さながらに開花して、べろんとめくれている。

しかも、ただめくれているだけでなく、花びらの先端がうずを巻くようにまるまっている眺めにも卑猥なものがあった。

露出した粘膜の園は、早くもたっぷりと潤んでいる。

まだほとんど、なにもしていないのにだ。

明里、ああ、明里――。

明里とそっくりだった。

矢崎は真紀ではなく、またも亡き妻の名を呼びそうになる。

5

「うおお、こ、こほん……真紀ちゃん！」

「ハアァァン」

もはや、ひとつにつながらずにはいられなかった。

真紀の腰をつかみ、さらにこちらに尻を突きださせる。

反りかえる肉棒を手にとるや、ぷっくりとふくらむ鈴口を、ぬめるワレメに押しつけて――。

――ヌプッ！　ヌプヌプヌプッ！

「あああああ」

問答無用の荒々しさで、怒張を蜜壺に突きさした。

ねっとりとぬめる蜜の園は、そんな極太を苦もなく呑みこみ、最奥部へと引きずりこむ。

膣の奥には、つきたての餅さながらの子宮があった。

ズッポリと亀頭をえぐりこめば、またもや真紀はあられもない声をあげ、ソファの背もたれにダイブする。

「うう。うう、ううぅゥンン」

「おお。真紀ちゃん、あああ……」

性器でつながった矢崎も、ペニスを引っぱられるかたちで真紀に覆いかぶさった。

もっちりした女体はさらなる汗をにじませ、淫靡な光沢を放っている。

「ああ、いや……奥に……あぁァン、すごい奥に……義兄さんのおち×ぽが……」

ビクビクと裸身を痙攣させつつ、艶めかしいふるえ声で真紀は言った。

感じているのは、ポルチオ性感帯だろう。

明里もここが好きだった。

いいの、いいの、これいいのとでも訴えるかのように、真紀の牝肉は淫らに波打ち、矢崎のペニスを緩急をつけて締めつける。

（き、気持ちいい）

「こ、ここかい、真紀ちゃん」

矢崎はかつて明里にしたように、腰をまわし、前後に動かし、ポルチオを亀頭でかきまわす。もちろん肛門をすぼめ、暴発の誘惑にあらがいながらだ。

すると——。

「あああ。あああああ」

真紀はもうケダモノだった。

背もたれに突っぷしたまま背すじをたわめる。天に向かってあごを突きあげ、身もふたもないよがり吠えをとどろかせる。

「ああ、義兄さん、ああ、いや。あああああ」

「ここ？　真紀ちゃん、ここ？」

……グリグリ。グリグリグリ。

（ううっ。ち×ぽがうずく！）

「ああ。そこ。義兄さん、そこ。そこそこそこ。もっとして。もっとしてぇ」

「もっとしてってなにを。んん？」

……グリグリグリ。グリグリグリ。

「あああ。それよ。それそれ。それ気持ちいい。もっとして、もっともっと」

「なにを。ねえ、なにを。んん？」

……グリグリグリグリ。

「うあああ。ち×ぽでほじって。そこ気持ちいいの。ほじって。ほじってほじって。お願いよう」

「こうかい。そらそら」

「ああああ。あああああ。それいい。それいい。あああああ」

まるで、すり鉢の中のゴマを、スリコギでつぶすかのような心境だ。

ねちっこく腰をまわし、亀頭で子宮を執拗《しつよう》にえぐれば、真紀はとり乱した声をあげ、はしたない歓喜を露にする。

「あああ。気持ちいい。気持ちいい。あああああ」

薄桃色に火照った肌から、さらなる汗がぶわりと噴いた。肌と肌とが擦《こす》れあい、早くもヌルッとすべりさえする。

（ゾクゾクする）

真紀への攻めは諸刃《もろは》の剣《つるぎ》だ。とろけるような感触の子宮と亀頭の擦りあいは、矢崎自身にも強い刺激をもたらしている。

亀頭が甘酸っぱくしびれ、先走り汁が尿口からあふれた。じわじわと射精衝動が膨張し、へたをしたら暴発してしまいそうだ。

「くうう。真紀ちゃん、ああ、真紀ちゃん」

「うあああ。ああン、義兄さん、あああああ」

……バツン、バツン。

矢崎はいよいよラストに向かって体勢を変えた。真紀を抱きおこし、ソファの上で四つんばいにする。

自らは床に降りた。両足を踏んばり、腰を落とす。奥歯を噛《か》みしめ、アヌスをすぼめて、怒濤《どとう》の突きをお見舞いする。

「ああ。義兄さん、んああ、奥、気持ちいい。奥、奥、奥ンンン。あああああ」

「はぁはぁ。真紀ちゃん、くぅ、俺もいい！」

ガツガツとバックからペニスをたたきこまれ、四つんばいの美妻は狂乱のあえぎで矢崎に応えた。

（ほんとに気持ちいい）

義妹の膣奥深くに陰茎をねじりこみながら、矢崎は淫らな恍惚《こうこつ》に酔いしれた。ぬめぬめした膣ヒダと肉傘が擦れるたび、腰の抜けそうな快感がまたたく。

吐精衝動が増しそうになった。

さらに奥歯を噛みしめれば、甘酸っぱい唾液が口の中いっぱいに湧き、胸までじゅわんとしびれてくる。

「真紀ちゃん、俺、もうだめだ！」

「ヒイィン」

――パンパンパン！　パンパンパンパンパン！

「うああ。義兄さん、とろけちゃうンン。あああああ」

矢崎の激しい抜き挿しは、とうとう最後の狂おしさを加えた。

しゃくる動きで腰をふる。ただひたすら、とろけるぬめり肉とペニスの擦りあいに耽溺《たんでき》する。

矢崎の股間が真紀のヒップを打つ生々しい爆《は》ぜ音がひびいた。

前へうしろへと裸身を揺さぶられ、全裸の美妻は「ああ、あああ」とケダモノのような声でよがる。

釣鐘さながらに伸びたおっぱいがブランブランと重たげに揺れた。乳首が虚空にジグザグのラインを描く。

「あアァ、いいの。このおち×ぽいい。すごくいいンン。ハアアァァ」

(あっ……)

――ああン、あなた、とろけちゃう。

矢崎の鼓膜に、亡き妻の卑猥な声がひびいた。

――いやン、恥ずかしい。でもいいの。恥ずかしいけど、気持ちいい。嫌いにならないで。嫌いにならああああ気持ちいい!

(明里)

真紀のとり乱した声と二重奏《デユオ》のようにして、妻の声が鼓膜にひびく。

そうだ、明里もこうだった。矢崎のペニスに狂乱し、昼間とは別人のような女になった。

いやらしい遺伝子でつながった姉妹は、どちらもそうとうな痴女である。

では、娘はどうだ。

清楚な美貌を持つ十六歳の娘にも、やはりこの血が流れているのか。

(もうだめだ!)

「ヒイィ。ああ。義兄さん、すごい。すごいすごいすごい。ンッヒイイィ」

「はぁはぁ。はぁはぁはぁ。真紀ちゃん、もうイク……」

決してそんなこと、真紀には言えなかった。

だが、汗を噴きださせるムチムチした裸身を見ながら、矢崎は脳裏で、なんの罪もない少女を犯す禁忌な妄想にとらわれる。

とらわれ、さらに昂り——限界を迎えた。

「うあああ。義兄さん、イッちゃう。イッちゃうイッちゃうイッちゃう。ああああ」

「真紀ちゃん、出る……」

「あああああ。あっあああああっ!!」

——どぴゅどぴゅどぴゅ! びゅるるるるっ!

官能の雷が、脳天から矢崎をつらぬいた。またしても真紀は背もたれにつんのめり、下品でいやらしいガニ股になる。

そんな熟女に折りかさなり、汗まみれの背中に肌をくっつけた。

真紀も同時に達したようだ。矢崎をふり落とさんばかりに派手に裸身を痙攣させ、エクスタシーに酔いしれる。

性器は奥までつながったままだ。矢崎はうっとりと身も心も麻痺《まひ》させて、女の膣奥に精を吐く男の悦《よろこ》びを享受する。

「はうう……義兄さん……あああ……」

「真紀ちゃん……」

ソファに体重をあずけながら、真紀はさらに痙攣した。その目はとろんと妖しくにごり、焦点さえ失いかけている。

あうあうと朱唇をふるわせ、心ここにあらずであった。半開きの口から唾液があふれ、あごを伝って長い糸を引く。

「アアン、温かい……義兄さんの、精液……すごく、いっぱい……奥、に……」

「はぁはぁ……ま、真紀ちゃ——」

——ガタン。

(えっ)

そのとき、リビングの入口あたりで音がした。

家には矢崎と真紀しかいない。

音などするはずがないではないか。

矢崎はあわててふり向いた。

「……えっ……あぁっ！」

「うっ、ううっ……」

なおも射精は止まらなかった。

陰茎はなおも脈打って、こしらえたばかりのザーメンを、どぴゅどぴゅと膣奥に注ぎこんでいる。

それでも矢崎は目を見開いた。

あまりの展開に、頭の中が真っ白になる。

リビングの入口で固まっていたのは年若い女性だった。しかも、最初は誰だかわからなかったが、矢崎はその人を思いだす。

森美琴《もりみこと》、二十四歳。

花のクラスの副担任を務める英語教師だ。

だが、わからない。

どうして花の副担任がこんなところにいるのだろう。

「せ、先生！」

「えっ……？」

矢崎が引きつった声をあげ、まだ気づいていないらしい真紀が、間の抜けた声をこぼした。

「ううっ……」

そんなふたりに、女教師は楚々とした美貌を引きつらせ、銀縁眼鏡の位置を直した。

6

「ねえ、杏奈、急がないと、映画はじまっちゃうよ」

同じころ。花は杏奈と、ターミナル駅のロータリーにいた。ついさっき、バスを降りたところである。

今日は、話題の映画を見てからランチをすることになっている。時間をたしかめると、もたもたしている余裕はない。

「うん……」

だが杏奈は、なぜだか余裕綽々《よゆうしゃくしゃく》だ。

花としては、すぐにも駆けだしたいぐらい。それなのに、ひとつ年下の少女は落ちついた様子で笑みをこぼし、きょろきょろとあたりに視線を向ける。

「……杏奈？　ほら、急ご――」

「あっ。いたいた」

「えっ……」

杏奈は、花の言葉など聞いていなかった。いきなり明るい笑顔になって、雑踏の向こうに細い手をふる。

いったい誰がいるというのだろう。花は眉をひそめ、杏奈の視線の先を見た。

「あっ……」

思わず声がもれた。反射的に緊張が走る。

行きかう人々の向こうで、その男性もまた手をふっていた。

しかも、思わず不意をつかれる、これ以上はないさわやかな笑顔で。

中島廉《なかじまれん》、十九歳。廉は花に視線を向けると、ますますうれしそうに、ととのった顔をくちゃくちゃにした。

第二章　乙女の告白

1

「花、俺が片づけておくからいいって。もう行けよ」

朝の陽《ひ》がさんさんと窓から射《さ》しこんだ。ダイニングのテーブルに座り、花が淹れた日本茶を飲みながら矢崎は言った。

「うん。もう終わる」

気づかう矢崎に答えながら、花はてきぱきと食器を洗った。

いつもながらの手慣れた作業。まだ十六歳なのに、こんなに家事がスムーズにできてしまって本当によいのかと思うほどだ。

どんなに矢崎が「俺がやる」と言っても、毎朝の食事が終わると必ず花は、すべての食器を片づけてから家をあとにした。

ただでさえあわただしいのが当たりまえの登校前。

それなのに、きりんと作業をして家をあとにする娘に、矢崎は今まで以上に複雑な思いにかられている。

（ああ……）

脳裏によみがえるのは、数日前の取りかえしのつかない失態だ。真紀と乳くりあっていたところを、女教師の美琴に見られてしまった記憶である。

どうやら美琴は、花には言わずにいてくれているようだ。

いつもと変わらぬ娘の姿をチラチラと盗み見て、矢崎はますますうしろめたい気持ちになった。

白いブラウスに紺のベスト、グレーのスカートという学校の制服姿。胸もとではワインレッドのリボンがヒラヒラと躍っている。

つい自分の視線が、スカートから伸びた健康的な美脚に吸いつきそうになり、あわててあらぬ方に目を向けた。

絶体絶命とも言えるピンチにおちいっているというのに、花を見ればそわそわとしてしまう、自分のふがいなさにため息が出る。

今日は花には内緒で、美琴と面談するために学校を訪れる予定だ。そのことを思うと、またも矢崎は重苦しい気分になる。

「…………」

もう一度、洗いものをつづける花のうしろ姿を見た。なんだかまた、大人びた感じが増したように思えるのは気のせいだろうか。

日々成長をつづける義理の娘は、情けない義父をあざ笑うかのように、どこまでもいつものペースだった。


(困ったな)

洗いものをしながら、花は重苦しい気持ちを持てあましていた。

まさかこんな展開になるだなんて、夢にも思っていなかった。頭の中いっぱいに再生されるのは、廉の屈託のない笑顔である。

この間の休日。

杏奈は最初から、廉と花を引きあわせるつもりでひと芝居打ったのだった。

映画を見ようというのは口実で、杏奈の真の目的は、廉と花にデートをさせることだった。

――廉くんがね、花ちゃんとデートしたいって言ってるよ。

しばらく前から、会うたび杏奈はこっそりと、そんな話を耳打ちするようになっていた。

現在大学一年生の廉は、かつて週に三日ほど、杏奈の母がいとなむ小料理屋でアルバイトをしていたことがあるという。

二カ月ほど前、花はそんな廉と、杏奈とふたりで繁華街を歩いているときにバッタリ出逢《であ》ったのである。

杏奈と廉は、いまだにチャットアプリなどでつながって、仲よく連絡を取りあう間柄だという。

いわゆる、イケメンの大学生。決して悪い印象は抱かなかったが、もちろんそれは恋心だとか、そういうたぐいの感情ではない。

だがそれからしばらくして、杏奈は廉のメッセンジャー役のように、彼の想いを伝えてくるようになった。

杏奈にとっては、兄のような存在らしい。

廉は父ひとり子ひとりの暮らしのようだが、父親は女の家に入りびたり、ほとんど家には帰ってこないらしいとも聞いている。

そんな廉が、いよいよ実力行使に打って出たのだと気づいたときは、もう遅かった。

――お願い。どうしてもいやならさ、今日だけでいいから。ね、廉くんとデートしてやってよう。

あの日、どういうことだととまどった花に、杏奈はこっそりとそうささやき、両手さえあわせたのであった。

困惑を隠せない花を尻目に、杏奈は廉と花を残して、逃げるように雑踏の中へとまぎれていった。

そして花は激しく狼狽しながらも、むげに断ることもできないまま、廉とデートをしたのである。

(私のことが……好き……?)

花を見つめては、照れくさそうに顔を赤らめるさわやかな青年に、あの日も今も、花は動揺していた。

ご飯を食べたり、ウインドーショッピングをしたりしていっしょにいる間、廉はどこまでも花にやさしく、徹頭徹尾紳士だった。

花ちゃん、きみが好き――。

無言のうちにそう言われている気がヒシヒシとした。異性から、はっきりとそんな態度に出られたのは廉がはじめてだった。

背が高く、百八十センチぐらいはあるだろう。

すらりと細身だが、弱々しい感じはなく、細マッチョとでも言うのだろうか、たくましさも感じる青年だった。

(困ったな。困ったな)

時間を気にして洗いものの手を速めつつ、ため息が出そうになった。

――素敵な人だよ。オススメだって。廉くんとつきあいたいって子、けっこういるんだから。

チャットアプリや電話で、杏奈はそう言って廉をプッシュした。

たしかにモテても不思議ではない青年だ。

だがことは、そういう問題ではないのである。

「………」

チラッと花はふり返った。

矢崎はリラックスした様子で、まったりとお茶を飲んでいる。

この人はいつもそうだ。花が淹れたお茶を、心底おいしそうに飲んでくれる。

いつだって、そう。いつだって。

花はこの人の素敵な表情を、宝物のようにいくつも心にしまっていた。

「……ん、どうした？」

（あっ）

いきなり矢崎と目があった。

きょとんとした顔つきで聞かれ、思わず顔が熱くなる。

「べ、別に」

花はあわてて顔をそむけ、シンクに目を落とした。気づかれはしなかったろうなと、胸がドキドキと早鐘のように鳴る。

（急がなきゃ）

家を出ないといけない時間が迫っていた。

もやつく思いを脳裏からふり払い、花はそそくさと食器を洗った。

2

「杏奈、おはよう」

「あっ、啓《けい》ちゃん、おはよう」

「川畑、うぃっす」

「おはよう、戸川《とがわ》くん」

顔見知りの生徒たちに声をかけられた。

みんなして小走りになり、学校の正門をめざしている。

杏奈はみんなとあいさつを交わし、他愛のないことで笑いながら、ひとりひそかに花を思った。

そして、廉のことも。

(ずるいよ、花ちゃん)

杏奈と過ごす休日のはずが、思いがけない展開になったことで、あの日花は本気でとまどっていた。

今のところ廉に興味がないらしいことは、やはり間違いがない。この先のことはわからないが。

(廉くん……)

廉を思うと、胸を締めつけられるような妬心をおぼえる。

おそらく、廉はひと目ぼれだったのだろう。

花との偶然の出逢い以来、いつでも花を話題にし、デートの仲介をしてほしいと杏奈に相談をした。

まさか杏奈が、こんなにも廉を想っているとはこれっぽっちも知らないまま。

（やっぱりずるい）

おびえたように視線を泳がせていたあの日の花を思いだし、杏奈は唇をかんだ。

あんなにやさしそうな父親がいて、そのうえ自分がひそかに慕っていた素敵な青年の気持ちまでもらえて。

私だけ、どうしてこんな惨めな思いをしながら生きなければならないのだろう。

（ううっ……）

思いだすのは、昨夜の母の情けない姿だ。

水商売をしているくせにアルコールに弱い母親は、酒に呑まれて帰ってくることが多かった。昨夜もいつものように泥酔して帰宅し、風呂にも入らず、居間の畳でいびきをかいた。

毎夜のようにくり返される、うんざりする現実。

杏奈にとって、廉はたったひとつの希望の明かりだった。それなのに、そんな明かりが照らそうとしているのは、自分ではなく花である。

しかも花自身は、そんなことをこれっぽっちもうれしいとなんて思っていないにもかかわらずだ。

(なんかむかつく)

こんな顔を、誰にも見られてはならない。

杏奈はうつむき、ひるがえる髪にどす黒い思いを隠しながら、始業時間の迫ってきた学校に走っていく。

花にはなにも罪はない。そんなことはわかっている。

だが、ムシャクシャした。

本人の前でこんな素顔をさらせないぶん、よけいに心が鬱屈する。花が大事にしているものを奪いたい気持ちが高まってしまう。

杏奈は唇をかみながら、学校の校門に駆けこんだ。花のかよう、ここからすぐ近くの名門進学校とは雲泥の差の、自慢にもならない学校に。

3

「そ、それじゃ、失礼します」

「…………」

ぎくしゃくとあいさつをする矢崎に、美琴は黙って頭を下げた。

恐縮しきりという様子の矢崎は何度も頭を下げ、渋面を作って面談室をあとにしようとする。

だが――。

「あ、あの、先生」

心配そうにふり返り、矢崎はこちらを見た。美琴は眼鏡のフレームの位置を直し、そんな彼に目顔で応える。

「あの……今回のこと、その……は、花……娘には――」

「話すつもりはありません、今のところ」

美琴は矢崎に返事をした。

女教師の言葉を聞き、矢崎はホッとした様子になる。

「そ、そうですか――」

「ただし」

そんな矢崎に美琴は言った。

「お父さん……矢崎さんを、とりあえず信頼しようと思うからです」

「先生……」

「とても多感な、大事な時期の娘さんです。親としての自覚をいっそう持っていただいて——」

「わ、わかっています。あの、しっかりとやります」

矢崎はうんうんと何度もうなずき、美琴に約束した。

「で、では、これで」

「お気をつけて」

いかにも居心地悪そうに、矢崎は狭い面談室から姿を消した。ドアが閉じられ、スリッパの音が遠ざかっていく。

「ふう……」

矢崎が行ったことをたしかめ、美琴はため息をついて座りなおした。

(やっぱり、悪い人じゃないと思う)

花の義父の人となりについて、美琴はあらためてそう判断していた。

先日は、とんでもない現場に遭遇して驚き、あまりのことに嫌悪感を抱いた。

いくら休日とは言え、昼日中から妻でもない女性とセックスとは、いったいどういう男だろう。

いったい花は、どんな環境でこの男と暮らしているのだろうと。

だが、話してみれば矢崎は誠実な人柄で、自分がかつて抱いた第一印象は間違いではなかったと美琴は思った。

はじめて会ったのは、副担任として花のクラスを受け持つようになった四月のこと。担任といっしょに父兄と面談をし、生徒たちの私生活の様子や進学先の希望などを直接親からヒアリングしたときのことだ。

矢崎とも、その機会をつうじて知己を得た。

そして、これからますます大事な時期に入っていく多感な少女にとって、有害になる親ではないと担任教師とも意見が一致した。

だが、そうは思いつつも気になったのは、やはり花と矢崎に血のつながりがないことだ。

はたから見るかぎり花と義父は仲がよく、案ずるには及ばないという気持ちもあったが、それでも美琴は花を心配した。

だからあの日も私用で近くまで行ったため、自宅での花の様子を見てみようと、抜き打ちで訪ねたのであった。

ところが玄関の引き戸を開けると、聞こえてきたのは男女の卑猥な声だった。

驚いた美琴は、まさか恐れていた事態が現実のものになっているのではないかとパニックになり、後先考えず、中へと飛びこんだのだった。

(ああ……)

そんな美琴の脳裏に、フラッシュのように過去の記憶がリプレイされる。思いだすたび苦しくなる、トラウマのような思い出。美琴は頭をかかえ、強く、ギュッと目を閉じた。

――やめて。お父さん、やめて。

けたたましい音でひびくのは、中学生だった自分の悲愴《ひそう》な声。

半年前からいっしょに暮らすようになった継父に、学校から帰ってくるなり、勉強部屋のベッドに押したおされた。

もともと好きになれなかった義父の、赤黒く火照った顔と、ギラギラと血走った両目が思いだされる。

まだ日が高いというのに酒くさかった義父の吐息と、肉体労働をしていた彼の、陽に焼けた浅黒い、無骨な指にブラウスを引きちぎられた記憶がよみがえる。

間一髪のところで飛びこんできてくれた、パート帰りの母に助けられてことなきを得た。

だがあの日を境に、美琴は終生消えないだろう、深い傷を心に負った。

半狂乱になって義父に殴りかかった母親の姿。そんな母親を平手打ちするだけではおさまらず、壮絶な暴力でだまらせた義父のおそろしさ。

それにもかかわらず、結局は彼との暮らしを選んだ母。

見かねて亡父の両親——父方の祖父母が引きとってくれなかったら、いったい自分はどうなっていただろうと今でも思う。

「あの男とは、違うかな……」

椅子の背もたれに体重をあずけ、天をあおいでつぶやいた。

聞けばあの日の展開は、義理の妹へのシンパシーと、その妹からの淫らな誘いにあらがえきれなかったという理由によるものらしい。

花が出かけた直後ということもあり、つい開放的な気分になってしまったという説明にも、嘘偽りのない彼を感じた。

情状酌量の余地は十分にある。そう思った。

はるか年下の自分のような教師に誠実に対応したばかりか、すべてを正直に告白した矢崎を思えば、今回は不問にふしてもよさそうである。

美琴にとっては、賭けではあったが。

担任には、報告するまでもないだろう。

「ふう……」

美琴はもう一度、ため息をついた。

思いだしたくもないのに、もう何年も会っていない母親のことを思いだす。

つい数日前、五十歳の誕生日を迎えたのだった。もちろん例年どおり、連絡などとりもしなかったが、それでも今年もいつものように、美琴は母が誕生日であることを思いだし、無視をし、そして——そのことを気にした。

「さあ、仕事仕事」

頰《ほお》をたたき、頭から雑念を追いはらう。

やらなければならない仕事は、職員室の自分の席にうんざりするほどたまっていた。

席から立ち、椅子や机をきれいにととのえる。

女教師は急ぎ足で、面談室をあとにした。

4

「やれやれ、緊張した……」

矢崎はぐったりとしながら、花のかよう高校をあとにし、住宅街の道を歩いた。

駅前のバスターミナルまでは、徒歩で三十分ほど。

住宅街を抜けてしばらく行くと繁華街に出て、バスターミナルはさらにその先にある。

「教師っていうのは、年のわりには大人びているよな」

うつむきがちに歩きながら、副担任の美琴を思いだした。

今年二十四歳なのだから、昨年の春までは女子大生だったはず。それなのに、みずみずしいながらもいかにも教師然とした威圧感があり、ひとまわり以上年上だというのに、矢崎のほうがたじたじとなる。

もっともそれには、こんな状況で話をせざるをえなかったという、こちらのうしろめたい立場もおおいに関係していたが。

「よく見ると、かわいい顔をしているんだけどな……」

矢崎は美琴を思いだし、なおもブツブツとつぶやいた。

手脚の長い、すらりとした体つきと、いかにも教師といった生硬な雰囲気が印象的な女性だ。

銀縁眼鏡と、ロングの黒髪のイメージも強いが、まじまじと見るとその顔は、意外に愛らしく、じつは先ほども、つい矢崎はハッとさせられた。

くりっとした二重の目もとが濡れたような潤みをたたえ、澄んだ湖面のようだった。鼻すじがとおり、半開きになるプルプルの朱唇は、サクランボさながらの弾力を想像させる。

職業柄なのか性格か、あまり笑顔は見せないが、ときおりこぼす微笑には、不意をつかれる可憐《かれん》なものがあった。

胸もとには、いかにもひかえめな盛りあがりが、絶妙のふっくら加減で服を押しあげていた。

そんな乳房の生硬な感じすら、美琴の生真面目なイメージに寄与している。

「もしかしたら、まだ処女だったりしてって……ばか、なにを言ってるんだ」

生き地獄のような面談をようやく終えられた解放感もあり、矢崎はつい軽口をたたいてしまう。

そんな自分に恥ずかしさをおぼえ、こほんとひとつせき払いをした。

すると――。

「わっ！」

「うわあああっ」

いきなり誰かに肩をたたかれた。

予想もしなかったサプライズに、矢崎は間抜けな声をあげて飛びあがる。

「あはは。おじさん、驚きすぎ」

「あっ……」

うしろをふり返り、矢崎はキャッキャと笑うその娘を見た。

杏奈である。

「杏奈ちゃん、あれ、どうして……あっ……」

どうしてこんなところにと問いかけて思いだした。杏奈がかよう公立高校も、この近くにあったのだ。

「うん。学校の帰り。おじさんこそどうしたの、こんなところで。あっ、花ちゃんの学校？　なんか用事があったとか」

なおも笑いながら、杏奈は明るく聞いてくる。

矢崎は困惑した。

今日学校を訪れることは、もちろんトップシークレットだった。

花に会わないよう、慎重のうえにも慎重に行動し、学校側も気づかってくれたというのに、こんなことで花にばれてしまっては、すべてが水の泡である。

「ああ、いや。うん。それがね……」

「えっ……？」

「うん。えっと……」

適当に理由をでっちあげようとした。

だがすぐには、気のきいた言葉が出てこない。

万事休す。

矢崎は焦燥した。

そんな彼を、きょとんとした顔つきで杏奈が見る。

「えっと、その……」

「まあいいや、べつに。て言うか、ちょうどいいところで会った。神様、ありがとうって感じ」

「えっ？」

「時間あるよね、おじさん」

杏奈は甘えた顔つきで矢崎を見た。

思いがけないかわいさに、矢崎はドキンとする。

「あるでしょ、時間。そんなにかからないから」

「ああ。えっと……」

「相談があるの」

困ったようにうなだれ、上目づかいに杏奈はこちらを見た。いつも人なつっこい娘だが、こんなふうに甘えられるのははじめてのことだ。

「だめ……？」

杏奈は唇をすぼめてみせる。

「そ、そうだね。えーと……」

矢崎はとまどいながら時計を見た。

ラクロスの部活で対外試合に出かけている花が、帰ってくるまでにはまだまだ余裕があった。

5

「あれ？　杏奈ちゃん、どこへ行くの」

「こっちこっち」

（こっちって……）

杏奈に誘われ、近くにある市民公園の中に入った。

街の人々の憩いのオアシスとして知られる自然豊かな公園は、鬱蒼とした森の木立に囲まれている。

四季折々にさまざまな花が競うように咲き、訪れる者たちを愉《たの》しませた。だが平日の夕刻ということもあり、公園内は閑散としている。

(どこへ行くつもりだ)

矢崎は眉をひそめ、華奢な杏奈の背中を見た。

紺のセーラー服に、白いセーラー襟。セーラー服と同じ色をしたスカートがヒラヒラと裾をひるがえす。

(ううっ……)

今にはじまった話ではない。

だが、杏奈の制服を目にするたび、いつでも矢崎は目のやり場に困った。

とにかくスカートの丈を短くしている。

花は膝丈のスカート姿でかよっているが、杏奈の学校はそこまで校則が厳しくないのか。

健康的な太腿を惜しげもなくさらすばかりか、へたをしたらパンティさえ見えてしまいそうなほど、スカートの裾は股のつけ根の近くにあった。

まるで、意志薄弱な中年男をあざ笑うかのように。

(このごろ、目に見えて女っぽくなってきたしな)

杏奈にうながされ、あとにつづきながら矢崎はしみじみと思った。

中学生のころはマッチのように細く、花と同様少年にも見える雰囲気だったのに、高校に進学したころから、目に見えて女性らしさが増していた。

小さな時分、矢崎のそばにいたのは弟ひとり。

男兄弟で育った彼はこの年ごろの少女に対して免疫がなく、花もそうだが、あつかいかたに窮することがある。

(て言うか……)

本当にどこに行くんだと、またも矢崎はいぶかった。

話があるから公園でと言われ、ここまで来た。

だが、てっきり遊歩道のベンチかなにかで話をするものだとばかり思っていたのに、気づけば杏奈は遊歩道をはずれ、広大な森の敷地に入っている。

「なにがあるの、杏奈ちゃん、ここ」

うしろもふり向かず、森を奥へと進む杏奈に背後から声をかけた。

遊歩道からずいぶんはずれ、本当にどこかの森にでもまぎれこんでしまったような感じである。

「ここここ、ここへ来て」

するとようやくふり返り、かわいく微笑んだ。そしてふたたび前を向き、木立の陰へと飛びこんでいく。

(なにがあるっていうんだ、こんなところに)

矢崎は首をひねり、足を速めた。

日没まではまだもう少しあるはずだが、それでも太陽はかなりかたむきつつあった。

森の中は薄暗さが増し、逢魔《おうま》が時の様相が次第に色濃くなりつつある。

「杏奈ちゃん?」

足場が悪くなりだしていた。下生えの密度が増し、へたをしたら引っかかって転んでしまいそうだ。

「杏奈ちゃん?」

木陰へと飛びこんだ杏奈の姿は視界から消えていた。なんだかとたんに不安が増し、矢崎は杏奈を呼びながら少女の消えた場所に近づく。

「杏奈ちゃん、どこ」

声をかけながら早足で進んだ。

杏奈が消えた老木の大樹に接近する。

「杏奈ちゃん？　ね、ねえ、杏奈——むんぅ」

「アン、おじさん、おじさん、んっんんっ……」

（えっ。ええっ？）

矢崎はフリーズした。

いきなり木陰から杏奈が飛びだしてくる。しかも、ただ飛びだしてきただけではなかった。

両手を広げて駆けよってきた。十五歳の女子高生は、いきなり矢崎に抱きついて、狂おしく彼に接吻をする。

（ええっ？）

「ちょ……むんぅ、杏奈ちゃん、ちょっと……」

「おじさん、んっんっ……おじさん、おじさん、んっ……」

……ちゅぱちゅぱ。ちゅう。

驚いた矢崎は、反射的に両手を突っぱらせようとした。

もちろん、杏奈を押しのけるため。

だが、少女はそれを許さない。

いやいやというように身体をふり、矢崎の首にまわした両手を放そうとしなかった。

そのうえ、さらに熱烈にむしゃぶりつき、ぎこちないながらも熱っぽく、ういういしい朱唇を矢崎に捧げる。

（どういうことだ）

想像もしなかった展開に、矢崎はパニックになった。どうして杏奈がこんなことをしてくるのだ。

四十歳だぞ。

そしてこの娘は、十五歳だ。

はっきり言って、いや、はっきり言わなくても親子の年の差である。この娘も花も、自分のことを性的対象になど思うはずがない。

「ちょ……杏奈ちゃん、どうしたの……んっんっ……」

「おじさん、だめ？　こんなことされてうれしくない？　んっ……」

……ピチャピチャ。ちゅう。

「いや、うれしいとか……んっんっ……うれしくない、とか……あああ……」

やっていることは大胆だが、やはりキスはいかにもぎこちない。

手慣れている感じは微塵《みじん》もなかった。もしかしたら、これがはじめてなのではないか――そう思わざるをえないほど、どこまでもぎくしゃくとし、緊張しているらしいことがよくわかる。

無理もない。

今年の春までは中学生だったのだ。これは、とてもそんな年ごろの少女が四十路の中年男にすることでは――。

(や、やばい)

矢崎は浮き足だつ。

愛らしい少女とのキスは刺激的だった。意志とは裏腹に股間がうずき、ペニスが次第にムクムクと大きく膨張しはじめる。

だがそれは、やはりあってはならないことだ。

そもそもどうして、こんなことをしてくるのか皆目わからない。それなのに、ペニスなど勃たせてよいはずがなかった。

まずは、なんとしてでもやめさせて、森を出てゆっくりと話を――。

「あぁン、おじさん、興奮して。ねえ、してして」

「わあぁ、ちょ……杏奈ちゃん、あああ……」

だが杏奈は、さらなる手に出た。うろたえる矢崎の両手をとり、自分の乳房に押しつける。

（うわあ……）

矢崎はめんくらった。年端もいかないこんな女の子のおっぱいに触れるのはもちろん生まれてはじめてだ。

可憐さを感じさせるセーラー服の下。杏奈の乳房に、たしかに十五歳ならではの感触をおぼえた。

セーラー服越しではあるものの、ふくらみかけたおっぱいは生硬で、ほどよくやわらかだ。

大人の男が気やすく触れてよいものではない。

矢崎はますます息苦しくなる。

「杏奈ちゃん」

「さわって。ねえ、さわってよう」

「あああ……」

杏奈は矢崎の手を乳房にみちびくと、彼の手の甲に指をかさねた。

揉んで揉んでとねだるかように、せつない指づかいで矢崎の指をおのが乳房にグイグイと押しつける。

（ま、まずい）

指に感じるみずみずしい乳の感触は、まさに猛毒だ。そのうえ見つめてくる杏奈の表情は、ふるえがくるほど愛らしい。

眉を八の字にゆがめ、今にも泣きそうにしている。

その目は潤み、唇はふるえ、恥じらいながらも矢崎を求めていることが鮮烈なまでにアピールされる。

6

「杏奈ちゃん、どうして、こんなこと。あああ……」

今にも理性を失いそうになりながら、矢崎は聞いた。

不様に声がうわずった。

「だ、だって……あぁん、だって――」

こんな幼い娘なのに、乳を揉まれると、やはり感じるのか。

杏奈はくなくなと艶めかしく身をよじり、言いわけをする駄々っ子さながらに、口を開きかけては言いよどむ。

「だって……だって……」

「杏奈……ちゃん？」

「失恋しちゃったよう、おじさん」

「……えっ」

「あっあっ……あぁん……」

「杏奈ちゃん」

生々しいあえぎをこぼし、尻をふりながら杏奈は言う。そんな少女の告白を、矢崎はもてあました。

「好きだった人が……あっあっ……ほかの子のこと、好きになっちゃった……」

「そ、そうなの？」

「あぁん……だったら私も、その子の好きな人のこと、奪っちゃってもいいよね」

「……はっ？」

「花ちゃんが憎い。花ちゃんが憎いよう。あぁん……」

「――っ。杏奈ちゃん……」

少女の朱唇からあふれだしたのは、思ってもみなかった言葉だった。

矢崎は虚をつかれる。

ちょっと待て待て。今のはどういう話の流れだ。

待て待て。落ちつけ。好きだった人が、ほかの子を好きに……だったら私も、その子の好きな人を奪ってしまっても……。

——花ちゃんが憎い。花ちゃんが憎いよう。

(……えっ。ええっ!?)

「杏奈ちゃん」

「おじさん、して、ねえ、もっと」

「おおお……」

揉んで揉んでという杏奈のおねだりは、さらにエスカレートした。矢崎の指にかさねた指をグニグニと、少女は何度も動かす。

不可抗力ではあるものの、そんな動きにあおられた。

深く、浅く、浅く、深く。

矢崎の指はくり返し、禁断の乳房に何度も食いこむ。

乳は熱かった。ますます淫靡な張りを増した。

揉んではいけない乳なのだ。今、自分は犯罪の領域に突入している。矢崎は動転した。だがいつしか、おっぱいから手が放せなくなっている。

しかも同時に、矢崎はパニックになっていた。

（つ、つまり……花は……花は――）

杏奈の好いていた異性が、花を好きになった……しかし、花は――。

（お、俺を……俺を好き!?）

「あぁん。おじさん、おじさん、おじさん」

杏奈はさらにいやらしく、おのが乳房を矢崎に揉みしだかせた。

「うわああ。杏奈ちゃん、ああ、だめだ。そんなことをしたら……」

言い聞かせているのは杏奈ではなく、自分なのかもしれなかった。落ちついて考えたいことができたのに、状況がそれを許さない。

そのうえ――。

「おじさん」

「……えっ？」

「今だけ……今だけ呼んでもいい？」

ウルウルと目に涙をため、杏奈が問うてくる。そんな美少女を、息を乱して矢崎は見つめた。

「杏奈ちゃん……？」

「お父さん……」

「——っ！」

「お父さん、お父さん、ねえ、お父さんって、呼んでもいい？」

（おおおおっ！）

なんとかわいいことを言うのだろう。

矢崎は自分を見失った。涙ぐみ、かわいいねだりごとをしている杏奈が、最愛の花とかさなってくる。

「杏奈ちゃ——」

「お父さん」

（おおおおおっ！）

「ハアァン……恥ずかしいよう……でも……あああ……」

とうとう杏奈は泣きだした。かわいい顔をクシャクシャにして嗚咽《おえつ》しながら、さらに自ら乳を揉む。

少女の指とおっぱいの間には、変わらず矢崎の指がある。力を増した杏奈の勢いのせいで、さらに激しく、矢崎は乳を揉んでしまう。
「お父さん、お父さん」
「おおお、杏奈ちゃん……！」
——お父さん。
（花……）
杏奈と花の面影が頭の中で錯綜《さくそう》した。
花が自分を愛してくれている……そんなばかな。冗談だろう？
なぜって少女は、自分が愛した女性の娘。年だって、いったいどれだけ離れている
というのだ。
（は、花……ああ、だめだ。やめろ、ばか）
花のおっぱいを揉んでいる自分を想像した。
——あっあっ。いや、お父さん。あああああ……。
ぐわんぐわんと脳髄に、花の淫らなあえぎ声がエコーとともに反響する。
（やめろ。やめるんだ）
禁断の妄想が、尻あがりに生々しさを増した。
目の前の少女の乳とは段違いの発育を遂げていた。花のおっぱいは、まだ十六歳だ

というのに成人した女性のように豊満だ。

（うう、花のおっぱい……ば、ばか、なにを考えている！）

「お父さん、してよう。してよう。ねえ、今だけ私のものになって」

「――っ。杏奈ちゃん……」

（ああ、もうだめかも）

万事休す。矢崎は心で天をあおいだ。

杏奈の誘惑。思いがけない告白。杏奈のおっぱい。花のおっぱい。いやらしいことが噴きだして、頭の中がいっぱいだ。

「ねえ、花ちゃんじゃなくて私のお父さんになって。でもって、私を……お、大人に……大人の女に！」

（もうだめだってば）

「おおお、杏奈ちゃん！」

「きゃあああ」

ブチッと理性のちぎれる音さえ聞こえた気がした。

気づけば矢崎は杏奈の胸から手を放し、少女のセーラー服を鎖骨までたくしあげていた。

(おおおっ！)

「あぁん、いやあ……」

露になったのは、木綿素材らしい純白のブラジャーだ。カップはAカップかBカップ。いかにもあどけなさを感じさせる下着姿である。

こんな聖なるおっぱいに、さわってよいわけはやはりない。だがもう、矢崎は人外に落ちていた。

「はぁはぁ……杏奈ちゃん」

「あああああ」

か細い乙女を大樹に押しつける。驚いた杏奈がバランスをくずし、あわてる隙をついた。

ブラジャーのカップに指を伸ばし、フックのように引っかける。セーラー服につづき、ブラジャーをずりっと鎖骨まで引きあげれば——。

……プルンッ。

「い、いやあああ」

(信じられない)

とうとう矢崎の眼前に、魅惑の乳房がこぼれでる。

いかにも発育途上のふくらみ。ようやく成長をはじめたばかりとしか思えない小ぶりな乳が、矢崎の前でひかえめに揺れる。

まんまるなおっぱいにはほど遠い、円錐《えんすい》にも思えるフレッシュな乳房。

蕾、という言いかたがふさわしい。

こんなものに触れたなら、それはたしかに犯罪だよなと、立派な極悪人と化しながら矢崎は思う。

そんな色白の円錐の先には、意外に大ぶりな乳首があった。

そう。かなり大きめである。

どこまでも幼げな十五歳が、円錐おっぱいの先にサクランボのような乳首を持っていたことに、矢崎はますます昂った。

「くぅ。杏奈ちゃん、ああ、杏奈ちゃん」

もはや理性など、どこにもなかった。

いとしい花の面影すら、気づけばどこかに行ってしまっている。

矢崎を虜《とりこ》にするのは、目の前のういういしい乳房だった。恥じらいながらも自分に身を捧げようとする、ありえない十五歳の思いだった。

とにかく今は、花のことは保留にしよう。

「ああああ」

矢崎は杏奈に抱きつき、小ぶりな乳を鷲づかみにした。

まだ乳房というにはあまりに未発達なふくらみなのに、十本の指でわっしとつかめば、美少女はビクンとスレンダーな裸身をふるわせる。

(この感触)

指でつかんだ乳肉のさわり心地に、矢崎はますます我を忘れる。

少女の胸のふくらみは、淫靡な張りを帯びていた。やわらかいか硬いかと言えば、決してやわらかくはない。

しかしこんな感触は、間違いなく大人の女にはなかった。

乳房とは、やわらかいのがよいのだと今日までずっと思ってきた。指からあふれ出すほどのたわわな乳塊をせりあげて、ネチネチと揉むのが男冥利につきるのだと、ずっとずっと、確信していた。

もちろん、それも真実ではある。

女の巨乳をもにゅもにゅと思いのままに揉みしだくとき、男は誰もが生きている喜びを、理屈ではなく本能で感じる。

だが――。

「ああ。杏奈ちゃん、たまらない、杏奈ちゃん」

……グニグニ。

「んああ。お、おじさん、やっぱり恥ずかしいよう」

「い、今さらそんな……て言うか、お父さんだろう？」

……グニグニ。グニグニ、グニ。

「あぁん。そ、そうだけど……あぁん、だめ。恥ずかしい……どうしよう。どうしよう。うああ……」

生硬さを感じさせる小さな乳を揉んでいると、生きている喜びとは別種の多幸感が、臓腑《ぞうふ》の奥からせりあがってくる。

いけない世界に足を踏みいれていた。

やはりこれは犯罪だ。揉めるはずもない乳をまさぐっているかと思うと、矢崎は自分が選ばれた男のような全能感をおぼえる。

「はぁはぁ……杏奈ちゃん、もうだめだ。お、おじさ……お父さん、こんなかわいいおっぱいを揉んじゃったら……」

「ひうう。あっあっ……お、おじさん、ああ、やっぱりだめ……おじさん……あぁぁん……」

第二次性徴期まっさかりの身体に、知ってしまうにはまだ早い淫らな官能が駆けめぐるのか。

とまどいつつ、恥じらいつつも美少女は、矢崎の乳もみに耐えかねたように、細い身体をくなくなとよじって艶めかしくあえぐ。

矢崎の浅黒い指の中で、張りを持つ小さな肉の円錐が、いやらしい形に何度もゆがむ。

7

「杏奈ちゃん、興奮する。んっ……」

「ああん、だ、だめぇぇ。おじ……さん……あああん……」

……ちゅうちゅう。ちゅう、ちゅぱ。

こらえきれず、矢崎は杏奈の片房をほおばった。

なんということだ。

自分は今、義理の娘よりさらに年下の少女の乳を吸っている。

ピンク色の全能感がますます肥大し、全身の毛穴が圧に負け、ぶわっと開いて汗のしずくを噴きださせる。

しかしそれはともかく、やはり矢崎をお父さんと呼ぶことは、杏奈は恥ずかしいようである。

「あぁん、おじさん……あっ、あっあっ……いや。いやいや。あうう……」

「はぁはぁ。はぁはぁはぁ」

夢中になって乳を吸い、何度も舌で乳首をころがした。

自ら求めておきながら、杏奈は性行為をするには、やはり気持ちも身体も幼すぎたか。

動揺し、困ったように身じろぎをくり返す。

しかしそれでも乳を吸われ、乳首をあやされる卑猥な感覚に、おびえたような痙攣もする。何度も、何度も。

「杏奈ちゃん、んっんっ……」

……れろれろ。れろ、れろん。

「あっあっ……い、いやン、だめ……ああ、なにこれ……か、勝手に……勝手に、身体が……あン、恥ずかしい……いや、ハアァァ……」

(感じてきた)

たった今、まだ早かったかなと思ったばかりだった。

それなのに、執拗に乳首を舐め責めれば、いたいけな少女ははしたない快感に、もれだす声のニュアンスを少しずつ変えはじめる。

「か、感じてくれてる、杏奈ちゃん。んん？　やっぱり……やめたい？」

もしも、もうやめたいなどと言われたら間違いなく塗炭の苦しみだ。

しかし、鬼畜なまねはやはりできない。

今だってもう十分以上に鬼畜なのである。

「い、いや。やめないで。やめちゃいやだよう」

矢崎の問いに、杏奈はハッとしたようだ。

行かないでとでも言わんばかりに矢崎を抱きすくめ、その結果彼は、さらにグイグイとおっぱいに顔を押しつけられる。

どこか子供っぽい香りをたたえる乳に。

「す、吸って。私のおっぱいなんかでいいのかな。ちっちゃいの。まだちっとも大きくならない。お母さんや花ちゃんみたいに……」

「杏奈ちゃん……」

矢崎の脳裏に、たっぷたっぷと誘うように揺れる、花のたわわな乳房の眺めがまたもよみがえる。

彼はあわてて、淫らな記憶を頭の隅に追いやった。

「こ、こんなおっぱいでいいのなら、おじさん、吸って。私で興奮して。お願いだから――」

「おお、杏奈ちゃん」

「あああああ」

あまりのかわいさに、矢崎はさらに発情した。今度は別のおっぱいに吸いつき、唾液まみれの片房のほうは、何度もこねて乳首を擦る。

「うああ、おじさん……あっあっ、アアァン……」

ヌルヌルと濡れたサクランボのような乳首は、完全に硬くなっていた。

それでも指でねちっこくあやせば、グミにも思えるやわらかさも、同時に示していやらしく変形する。

「ああん、おじさん……どうしよう。ちょっと変だよう。私、変だよう。うあああ」

(こいつはたまらん)

右のおっぱいから左のおっぱい。ふたたび右へ、また左へと、責めたてる乳をしつこくかえた。

矢崎はさらに衝きあげられる気持ちになってくる。

杏奈のあえぎに、十五歳にしては生々しい、牝の気配が色濃くにじみはじめた。

世の大人たちが、夜な夜なこっそりとしている行為にうろたえ、おびえ、羞恥しながらも、いつしか少女の反応には、矢崎の責めに媚びるかのような、熱っぽいいやらしさがじわり、じわりとひそみだす。

(俺は最低だ)

そう言って、嫌悪におちいる自分がたしかにいた。

ついさっき、花の学校では副担任にしおらしくしていたばかり。反省の弁を口にして、しっかり花をみちびくと、矢崎は美琴に誓いさえした。

それなのに——。

「はぁはぁ……杏奈ちゃん、パンツ脱がせていい?」

ミドルティーンの乙女に、声をふるわせて矢崎は聞く。

間違いなく、まだ処女であろう。そんな女子高生に許しを得て、矢崎は淫らな犯罪道をさらに邁進《まいしん》しようとする。

「お、おじさん」

「お願い。お願い」

「きゃあああ」

恥じらう生娘を独楽のように回転させた。

短いスカートが、風をはらんで傘のように広がる。

パンティの一部が露になった。パンティは、ブラジャーとそろいの純白である。

矢崎は鼻息を荒くし、杏奈の両手を老木につかせた。細い腰をつかむと、グイッと背後に乱暴に引っぱる。

「あああ、おじさん、あああああ」

「おおお、杏奈ちゃん……」

少女は強引に立ちバックの体勢にさせられた。すらりと形のいい美脚をコンパスのように広げ、矢崎に向かってヒップを突きだす。

そんな杏奈のスカートに指をかけた。

腰の上までまくりあげる。キュッと締まった小さな尻が、白いパンティに包まれて矢崎の眼下に露出する。

その眺めは、やはりどこまでもあどけない。

「くうぅ、杏奈ちゃん」

もはや美少女のパンティ姿を、余裕綽々で鑑賞できる状態にはなかった。

矢崎はふるえる両手を伸ばすと、パンティの縁に指をかける。そしてさらなる鬼畜道へと、自ら進んで堕《お》ちていく。

――ズルッ、ズルズルッ！

「ああああ。だめぇぇぇ……」

「おお、すごい。はぁはぁはぁ」

ついに矢崎は少女のパンティを尻と股間からずり下ろした。木綿のパンティはこよりのようにまるまって一気に膝まで下降する。

（あああ……）

神々しくも艶めかしい、禁忌な眺めに矢崎は見入った。

こんなところを誰かに見られでもしたら、もう花といっしょには絶対に暮らせない。そう心のどこかで思いながらも、もはや自制は不可能だ。ほうけたように杏奈の恥部に、ギラつく視線をくぎづけにする。

ふっくらしはじめたヴィーナスの丘には、ちょろちょろと猫毛のような縮れ毛がほんの少しだけ生えていた。

十五歳にしては、いくらか成長のしかたは遅いのかもしれない。

杏奈の恥部は、まだ子供でありながら少しだけ大人、大人のように見えてまだまだ子供といった、生々しい中途半端さを、強烈なエロスとともに矢崎に見せつける。

なによりの証《あかし》が秘唇であった。

生えかけの秘毛の下には、成熟とはほど遠い子供のような陰唇がある。

ふかしたての肉まんを思わせるふっくらした秘丘に、縦一条《たてひとすじ》の亀裂が走っていた。

それだけである。

小陰唇のビラビラがべろんとめくれてもいなければ、旨《うま》みを感じさせる肉厚ぶりをラビアが示すでもなく、そもそも貝肉のように大陰唇からそれがはみだしてもいない。

まさに、子供の持ちものだった。

こんなものを見せられたら、いやでも背徳感が増す。そしてその背徳感は、度しがたい情欲をともなっていた。

(杏奈ちゃん)

ただし、その幼げなワレメからは、ネバネバした発情の汁が、涎《よだれ》のようにあふれだしてもいる。

感じてきたのだ。

まだ子供なのに。ついこの間まで中学生だったのに。

少女のいたいけな肉体は強制的な刺激を受け、大人の女に負けじとばかりに、いけない液体を少しずつ、胎肉の奥から分泌させはじめていた。

8

「おお。杏奈ちゃん、だめだ。も、もう、俺……俺——」

矢崎はベルトを解き、スラックスのファスナーを下ろす。ボタンをはずしてボクサーパンツごとスラックスをずり下ろせば、卑しいやる気を満タンにした極悪のシンボルがブルンとしなる。

「ヒイィ。おじさん、あああ……」

ふり返り、チラッとそれを見ようとしたのは、やはり怖さのゆえだろうか。それとも牝の好奇心が、杏奈を矢崎のペニスに向けさせたか。

だが思春期の娘の想像など、軽く凌駕《りょうが》していたのかもしれない。矢崎の勃起を目にするや、たまらず杏奈は顔をそむけた。

「い、いいんだよね。ねえ、いいんだよね？」

そんな杏奈に矢崎は聞く。

いや、いいわけないだろう。そうつっこむ自分がどこかにいた。誰がどう考えても、こんなことをしてよいわけがない。

たとえ少女がいいと言っても、やめておくのが健全な社会人のはずである。

しかも自分は、最愛のひとり娘のせつない気持ちまで杏奈から教えられていた。

それなのに——。

「あああ。お、おじさん、あっあっ、ハハァァ……」

「はぁはぁ。はぁはぁはぁ」

(だめだ。がまんできない)

衝きあげられるような激情に、身も心も支配されていた。

十五歳の少女を犯すという、あってはならない悦びに、大人の矜持《きょうじ》も小市民としての小心さも忘れ、全身全霊でのめりこもうとしてしまう。

「杏奈ちゃん」

「ハアァ……」

杏奈の背後で態勢をととのえ、ペニスをワレメに押しあてた。

性器同士をなじませようとするように、上へ下へと亀頭を動かし、マンスジをグチヨグチョと擦過する。

(き、気持ちいい!)

「あぁん。おじさん、いや、怖いよう。怖いよう。うあああ」

……グチョ。ニチャ。

(やっぱり濡れてきている)

杏奈はとまどい、おびえていた。自ら誘いをしかけてきたが、その年齢を考えれば、無理もないと矢崎は思う。

だが同時に、少女はいやらしく膣を濡らしてもいた。

亀頭でネチネチといやらしくほじれば、怖がる言葉とは裏腹な、ハレンチな汁音を聞こえよがしにひびかせる。

「くぅ。い、挿《い》れるよ、杏奈ちゃん。お父さんが……大人にしてあげるからね！」

矢崎は恩着せがましく宣言した。

それは、圧倒的とも言えるやましさから逃れたい一心だったか。

自分はこの娘の願いをかなえてやるのだと、自分のふしだらな行いを正当化したい心理だったか。

「あぁん、お、おじ……おじ――」

「うおおおっ！」

――ヌプッ！

「きゃあああ」

「うおお……」

矢崎は両脚を踏んばって、少女の腰を両手でつかんだ。

ワレメに亀頭を押しあて、ググッと腰を押しだせば、ついに亀頭は神聖な未開の園にぬるりと飛びこむ。

(ああ、きつい!)

ペニスの先っぽに感じる生々しい感触に、矢崎は慄然とした。

とにかく窮屈なのである。全方向からムギュムギュと締めつけてくる淫靡な圧力が半端ではない。

「あああ……」

「杏奈ちゃん……」

美少女は大木に両手をつき、矢崎の勢いを受けとめた。細い腕がわなわなと小刻みにふるえている。

「うう、ううう、ううぅ」

杏奈は声もふるわせた。しかしそれでも、やめてくれとは口にしない。

「杏奈ちゃん、いいんだね……いいんだね」

――ヌプププッ！

「あああ」

矢崎はさらに腰を押しだした。いきり勃つペニスはいっそう深く、少女の膣路に突きささる。

「おお、杏奈ちゃん」

――ヌプッ。ヌプヌプッ！

気をよくした矢崎は、いっそう奥へと肉棒を送ろうとした。

「い、痛い……」

「えっ」

すると杏奈は、悲痛な声で痛みを口にした。矢崎はハッと我に返る。

「杏奈――」

「い、いや。やめないで。いいの。いいから。ねえ、いいから」

だが杏奈は、あわてでうしろをふり返り、髪を乱して訴える。

「でも」

「いいの。やめちゃいや。花ちゃんより先に大人になりたいよう」

「――っ。杏奈ちゃん」

杏奈の言葉を聞き、矢崎は少女が胸にかかえる複雑な思いに今さらのように困惑した。それなのに、男根はいっそう硬さを増してジンジンとうずく。

「お父さん、挿れて」

またしても、少女は矢崎を「お父さん」と呼んだ。

「でも」

「いいの、挿れて。お父さん、やめないで、お願い。お願いぃ」

「くう……」

今にも泣きそうな顔をしてねだられ、矢崎は動きを再開させた。

奥歯を嚙みしめ、ヌプッ、ヌプヌプッと、ゆっくりと男根を杏奈の処女肉に埋めこんでいく。

「あああ。痛い。うあああ……」

(血……)

わかっていたことではあるものの、ペニスを受け入れた牝湿地からは、破瓜《はか》の鮮血がじゅわんとにじみはじめていた。

杏奈の小さな膣穴は目いっぱい広がり、ミチミチと肉皮を突っぱらせながら、どす黒い男根をまる呑みしている。

そんな少女の肉穴に埋《うず》まるおのれの極太と、破瓜の赤い血を目にすると、矢崎はこれまで感じたことのない、異常な昂りに襲われた。

「杏奈ちゃん……」

……ヌプヌプヌプゥ。

「うあああ。ああああああ」

とうとう彼の肉棒は、根元まで少女の胎肉に埋まった。

立ちバックの体勢で、腹の底に怒張を受け入れる少女を見下ろせば、もはや理性など望むべくもない。

荒々しい、嵐のような欲望が矢崎を炎上させる。

「おおお。杏奈ちゃん、動くよ。動くからね！」

「ひはっ」

……ぐぢゅっ。ヌヂュチョ。

「あああ、い、痛いよう。痛いよう」

「くうう、杏奈ちゃん……あの——」

「いいの。やめないで。痛いのなんていい。最後までして」

「おおお……」

痛みをこらえてのかわいいねだりごとに、父性本能と罪の意識がない交ぜになった。

しかしそれより切実なのは、ペニスに感じる締めつけだ。

（こ、これは）

本人に、そんなつもりは微塵もないだろう。

だが、痛いのか苦しいのか、杏奈がうめいて身じろぎをするたび、同時に膣路も痙攣するように収縮をする。

そのたびぬめる膣ヒダが、動いてよ、ねえ、動いてよ、とでも催促するかのようにして、うずく亀頭と棹をしぼり、思わぬ刺激をもたらしてくる。

「おおお。杏奈ちゃん、杏奈ちゃん」

……バツン、バツン。

「あああ。い、痛――平気。平気だもん。ああああ」

「うう、かわいい……」

いよいよ本格的に動きだした肉棒に、杏奈は悲愴な声をあげた。しかし少女はかぶりをふり、矢崎の性欲を華奢な女体で受けとめようとする。

美少女の膣肉は、やはりほぐれきらないこわばりに満ちていた。とろんととろけた完熟メロンさながらの、大人の女陰とはやはり違う。

だが、そこがよかった。こんなみずみずしい淫肉と亀頭を擦りあわせるのは、生まれてはじめてのことである。

犯してはいけない娘を犯すということは、これほどまでの興奮をもたらしてくれるのか。

ペニスから広がる背徳的な快感に、矢崎は戦慄すらおぼえる。

「ああン。お父さん、お父さん、気持ちよくなって。あああ」

「杏奈ちゃん……」

杏奈は爪先立ちになって矢崎を受けとめつつ、引きつった声で彼に言う。

そんな美少女の愛らしさに、もはや矢崎は腑抜けも同然だ。鼻の下を伸ばし、性器の擦りあいに耽溺する。

カリ首とヒダヒダが擦過するたび、熱湯が煮沸するかのような電撃がまたたいた。

ひと抜きごと、ひと挿しごとに射精衝動が膨張し、どうにもこらえがきかなくなる。

ブルン、ブルンと円錐のようなおっぱいが、リズミカルに房を揺らし、しこった乳首をあちらへこちらへとふり乱す。

（ああ、もうイク！）

「杏奈ちゃん、もうだめだ！」

「ヒイィイン」

――パンパンパン！　パンパンパンパン！

「あああ。お父さん、激しい。激しい。あああああ」

「はぁはぁはぁ」

いつまでも性器を戯れあわせていたいのに、牡の本能がそれを許さなかった。

残された時間はあまりに少ない。

矢崎は唇を嚙みしめて、最後のひと擦りまで、いけない快感を味わおうとした。

だがそれも、早くも限界だ。

「あっあっあっ。ハァアン。ハアァアン。ああ、お父さん、お父さあああん」

「杏奈ちゃん、イク……」

「あああ。ああああああっ！」

――どぴゅ！　どぴゅどぴゅどぴゅっ！

矢崎はあっけなく頂点に突きぬけた。

恍惚のマグマが股のつけ根から爆発し、激しい衝撃に打ちふるえる。

一回、二回、三回――。

ドクン、ドクンと雄々しい脈動音さえひびかせそうな迫力で、陰茎が膨張と収縮をくり返す。

そのたび大量の精液が、まさに咳《せ》きこむ勢いで、処女を散らした少女の膣奥に次から次へとぶちまけられる。

「あっ……あああ……すご、い……アソコ……温かい……あああ……」

見れば杏奈はビクビクとふるえながら、膣に感じる禁断の悦びにとろんとしたようになっていた。

(中に出してしまった)

今ごろになって、ようやく気づく。

さも当然の権利のように、矢崎は杏奈の膣奥へと、精のたぎりを注ぎこんでいた。

「杏奈ちゃん、ごめん……」

「な、なにが……」

「なにがって……」

「あやまらないで。いいの。大丈夫。うれしいよう。うれしいよう。あああ……」

「おおお……」

なおもその目を淫らに潤ませたまま、杏奈は華奢な身体を痙攣させた。

気づけばあたりには、いつしか闇が濃くなりだしている。

（杏奈ちゃん）

矢崎は乱れた息を必死に鎮めながら、なおも射精をした。

陰茎を締めつける幼い膣の感触に、この期《ご》に及んでも、まだどこか夢見心地の心境で……。

第三章　感じる美少女

1

「はい、お父さん」

「いやいや。今日の主役はおまえだから。ほら」

「えへへ。いいの？」

「当たりまえだろ。さあ」

花は満面の笑顔で、矢崎にビールをつごうとした。

矢崎はそんなひとり娘を制し、少女のグラスにオレンジジュースをついでやる。

花はうれしそうだった。ニコニコと相好をくずし、両手に持った空のグラスにジュースを受けとめようとする。

「はい、じゃあ、お父さんも」

「おう」

ジュースをついでもらうと、あらためて花は矢崎のグラスにビールを注ごうとした。照れくささを押し殺し、矢崎は笑みをたたえてグラスを差しだす。

「じゃあ、乾杯といこう」

並々とビールのつがれたグラスをかざすと、矢崎は花に声をかけた。

花はうれしさと恥ずかしさがない交ぜになったような顔つきで、いそいそと自分のグラスを持つ。

「花」

「うん」

「お誕生日、おめでとう」

矢崎が言うと、花は清楚な美貌をほころばせた。

グラスとグラスを軽く打ちつけあう。矢崎は花がジュースに口をつけるのを見ながら、自分もまた、冷えたビールを勢いよく喉の奥へと流しこんだ。

「ああ、うまい」

ひと口でグラスの半分ほどもビールを空けた。花は「あはっ、すごい」と笑いながら、もう一度酌をしてくれる。

「花も十七歳か」

もれだす言葉は、つい我知らずしみじみとした。

「うん」

花は曖昧に微笑み、テーブルに自ら用意した豪勢な料理に箸を伸ばす。

休日の夜だった。

お祝いの席のための料理を、花は自らあれこれと作って用意をし、ダイニングのテーブルいっぱいに広げてくれた。

矢崎の好きなアヒージョやカルパッチョも娘の手作りなら、なんともちもちとしたピザまでもがお手製である。

しかもどの料理も驚くほど旨いというのだから、こんな娘を妻にできる男は、やはりとんでもない果報者だろう。

（妻……）

自分で思っておきながら、矢崎は落ちつかない気持ちになった。

いつかはこの娘も、どこの馬の骨ともわからない同世代の男のものになってしまうのだろう。

この悲しみは、父親なら誰もが体験するものなのかもしれない。

だが、自分たち父娘は血がつながっていないぶん、やはりどこか、ふつうの親子とは違う部分もあるのだろう。

――花ちゃんが憎い。花ちゃんが憎いよう。

今から三週間ほど前。夕暮の市民公園で杏奈と思いがけないことになった、あのときの記憶がよみがえる。

行為のあと、矢崎は杏奈から花のことをすべて聞いた。

自分に想いを寄せる同世代の若者がいるというのに、花はあまり乗り気ではないらしいこと。それというのも彼女の中には、あろうことか父親である矢崎がしっかりといるからだと思うというのが、杏奈の見立てだった。

(勘違いだと思うなあ)

愛娘が作ってくれた料理の数々に舌鼓を打ち、ビールを飲みながら、矢崎は心中で苦笑した。

あの日以来、矢崎はつい意識をして花と話をするようになった。

しかし花は、やはりどこまでもいつもの花である。矢崎のことなどこれっぽっちも特別視などしていない。

そもそも花のような少女が、自分みたいな中年男をそんなふうに思うわけがない。

矢崎は杏奈から、彼女のスマートフォンに保存されていた青年の画像も見せてもらっていた。

イケメンである。

さわやかな美青年。すらりと細身で高身長。

自分で言うのもせつなかったが、誰がどう見ても、矢崎とその廉というらしい青年を比べたら、軍配はどうしたって向こうにあがる。

(と言うことで、杏奈ちゃんの勘違いに決定だな)

今までひとつ屋根の下でともに暮らしてきた自分の勘は、案の上間違ってなどいなかったのだと、苦笑いをしながら矢崎は思った。

廉というその若者には可哀想だが、たぶん花は彼には想いを寄せていないのだろう。

少なくとも花をそれとなく観察するかぎり、以前となにか顕著な変化があるわけではなかった。

だがだからと言って、愛娘の気持ちが矢崎に向かっているふうでもない。

世の中そうそう、そんなにうまくはいくはずもないと、ついちょっぴり浮きたった自分の滑稽さを矢崎は恥じた。

(あんまり早く、大人にならないでくれよな)

他愛もない話を花としながら、矢崎は心でそう思った。これ以上魅力的になってしまったら、本当に自分はさらに苦しい。

もちろん美琴に誓ったとおり、不埒《ふらち》な本音は心の奥底に封印する。妻の妹である真紀や、杏奈のような美少女とセックスができただけでも、もう十分だと考えよう。

これ以上の棚ぼたは、間違いなく自分を滅ぼすように矢崎には思えた。

(お父さん)

学校での友人の失敗談や、ネットで配信されている人気動画のことなどを矢崎に話し、いっしょになって笑いながら、花は甘酸っぱく胸を締めつけられていた。

——誕生日プレゼントは、当日におねだりしてもいい?

十七歳の記念日になにがほしいかと矢崎に聞かれ、花は以前、父親にそう返事をしていた。

そして今日、ようやく少女は自らそれを口にする。その時間が刻一刻と近づいていると思うと、やはり胸がドキドキした。

(廉さん、ごめんなさい)

父親と語らいながら、花はひそかに廉に謝罪した。

つい先日、花はまた廉からデートに誘われた。父には内緒にしていたが、その日が三回目のデートだった。

今日は返事を聞きたいと、思ったとおり話をふられた。つきあってほしいと告白をされていたが、はっきりと意思表示をしないでいたのである。

これ以上、曖昧にしていてはいけなかった。

花はとうとう返事を口にした。

――ごめんなさい。私、やっぱり廉さんとはつきあえません。

そう言ったときの廉の表情を思いだすと、花は罪の意識にかられた。いつも明るくさわやかな廉が、悲しそうに睫毛を伏せ、自虐的に微笑んだ。

誰か好きな人がいるのかと、当然の質問をされた。

花は答えられなかった。

廉への申しわけなさもあったが、自分がその人を好きでいるということは、誰よりもまず本人に打ち明けたかった。

（しっかりして、花）

心臓の鼓動はますます激しくなっていた。もしかしたら父にも聞こえてしまっているのではないかと思うほどである。

運命の瞬間は、たしかに近づいていた。

（神様、お願いです。お願い……）

花はギュッと目を閉じて、心で神に祈りを捧げた。

2

「ああ、そうそう」

ビールの酔いが心地よくまわりだしていた。

おもしろおかしく聞かせてくれる花のさまざまな話にひとしきり笑ったが、大事なことを忘れていたことを矢崎は思いだす。

「そう言えばさ、花」

「うん」

いささか話し疲れたか。花は睫毛を伏せ、オレンジジュースを口に含んだ。

「誕生日プレゼント、なにがいいの」

グイッとビールをあおり、グラスを空にして矢崎は聞いた。

「あっ。うん……」

花はこちらを見ようともせず、小動物のような愛らしさで、両手に持ったジュースのグラスに口をつける。

「な、なんだなんだ。もしかして、メチャメチャ高いのか」

言いよどんでいるらしき娘の気配を察知し、矢崎は先まわりをした。

「高い……」

花はとまどったように目を泳がせる。

「心配するなって。お父さんを見くびるなよ。これでもがんばって稼いでいるんだ」

矢崎はおどけ、ポンポンと自分の胸をたたいた。

手酌でグラスにビールを注ぎ、

「花がほしいって言うなら、なんだって買ってやる。勉強があるのに、家のこととか、いつもがんばってくれているからな」

遠慮なんてしなくていいんだぞと、アイコンタクトもまじえて矢崎は言った。

「う、うん……」

花は居心地悪そうに、椅子の上で身じろぎをする。

なおもわたわたと、どうにも落ちつかない。

(まさか、マジで超高額なものとか)

胸を張ってはみせたものの、花の態度に一抹の不安をおぼえた。

いざとなったら明里が遺してくれた、花の将来の学費として貯金している保険金もあったが、この娘はいったいなにがほしいというのであろう。

十七歳の少女が遠慮して言いしぶる超高額な品とはなんなのか、かいもく見当がつかなかった。

「お父さん」

「お、おう」

ついに花が居住まいを正した。

ついこちらまで緊張し、矢崎も同じように姿勢を正す。

(落ちつけ、ばか)

ここはどこまでも、余裕の態度でいなければならなかった。こちらまでおどおどしていてよいわけがない。一家の大黒柱たるもの、こういうときこそどっしりと落ちついてみせなければ。

「いいぞ。なんでも言ってみろ」

わざと鷹揚《おうよう》に矢崎は言った。

どうだ、余裕綽々だろう、お父さん。見ろ、足なんか組んでしまったりして。

心で花に語りかけつつ、矢崎はビールのグラスをとる。

椅子の背もたれに体重をあずけ、貫禄を見せつけながらビールを飲もうとした。

「あ、あのね」

「おう、なんだ」

しまった。

声がふるえたことに、気づかれてしまっただろうか。矢崎はいささか焦燥し、ごまかすようにグイッとグラスをかたむける。

「私ね」

「おう」

……ぐびっ。

「お父さんのお嫁さんになりたい」

「ぶー」

「きゃああ。お父さん！」

「げほげほ。げほげほ、げほ」

（い、今なんて）

なんと不様なと思いつつも、どうにもできなかった。

矢崎はビールを噴きだして咳きこみ、椅子の上で前のめりになったりのけぞったりして七転八倒する。

「お父さん、大丈夫？　お父さん」

驚いたらしい花が、はじかれたように対面の椅子から飛びだした。矢崎に駆けより、その背中をたたいたりさすったりして心配そうにのぞきこむ。

「げほげほ。花」

「はい」

「げほ。い、今、げほげほ、今なんて」

「えっ……」

なおも咳きこみながら矢崎は聞いた。

もちろん、聞きちがいだとわかっている。だが、それなら花はなんと言ったのだとたしかめなければ、話を先に進められない。

「お父さん……」

「悪い。もう一度言って。今なんてった」

「お父さん、お父さん」

「ああ、なんて間抜けな。悪い、テーブル汚して――」

「お父さん！」

すると突然、花が思わぬ行動に出た。

（えっ）

背後から、熱烈としか言いようのないなりふりかまわぬ挙措で、咳きこむ矢崎に抱きついてきたのだ。

「――っ。花……」

「お父さん……お父さん、お父さん、お父さん」

「げほげほ、げほ」

矢崎は仰天しつつも、なおも咳《せき》が止まらない。

目から涙をしぼりだし、顔を思いきり熱くした。花のぬくみと勢いを背中に感じつつ、なおも間抜けに咳きつづける。

「お父さん……私、お父さんのお嫁さんになりたい」

そんな矢崎に、花はなおも言った。

言いながら、あふれる想いを持てあました様子で、さらに熱っぽく父親の身体を抱きすくめる。

「花……」

ようやく咳の発作が一段落した。矢崎はぜいぜいと乱れた息を鎮め、抱きついてくる愛娘をふり返る。

「ねえ、プレゼントくれるんだよね。お父さん、私十七歳になったよう」

そんな矢崎に、いつになく甘えたせつない声で花が言った。

（お、おっぱいが）

矢崎は浮きたった。背中に感じる、ひときわやわらかくて熱いふたつの塊は、まぎれもなく花の乳である。

（おおお……）

まさか花のおっぱいの感触を、こんなふうに生々しく感じられるときが自分の人生に待っていただなんて。しかも花のおねだりの言葉は、やはり聞きちがえなどではなかったらしい。

（嘘だろう）

リアルな花の体温と女体の柔らかさ、得も言われぬ弾力をリアルに感じながら、矢崎は舞いあがった。

それではやはり、杏奈の見立ては間違いなどではなかったと言うのか。

「お父さん、私おねだりしたよ。プレゼント、リクエストした。ねえ、返事は。返事聞かせて。私、今、死ぬほど恥ずかしいよう」

花はそう言って、なおもムギュムギュと、たわなな乳を矢崎の背中に押しつけた。

こいつはまずいと、矢崎の背中に戦慄が走る。

キーンと耳鳴りがし、バクン、バクンと心臓が、激しいリズムを刻みだす。

「花、ふざけてるんだろ」

「ふざけてない。お父さん、そんなこと言わないで。私、真剣だよう」

矢崎の言葉に、花は駄々っ子のように身体を揺さぶった。その声は、ついに泣き声になってきている。

どうやら本気のようである。

ありし日の妻の笑顔が脳内いっぱいに再生される。

(明里……)

どうしよう。俺、とんでもないことをしてしまいそうだ——矢崎は妻にそう叫び、すがりつきたい気持ちになる。

花の想いは僥倖《ぎょうこう》以外のなにものでもなかった。

だが、ひとりの父親、ひとりの大人として、やはりそれは、いくらなんでも鬼畜の道だ。

矢崎はとまどった。

「えっ……」

「だ、だって……花には、おまえを想ってくれている人だっているんだろう」

矢崎が言うと、花は驚いたように動きを止めた。

「どうして知っているの」

「そ、それは……」

矢崎は返答に窮する。

「ねえ、どうして知っているの。誰に聞いたの」

「違うって」

杏奈の名前は出せないと、とっさに矢崎は思った。

彼女をかばいたい気持ちが半分。もう半分は、なんだか面倒なことになりそうだからである。

「近ごろのおまえの態度を見ていれば、そ、そりゃわかるさ。父親なんだから」

とっさに適当なことを言った。すると花は――。

「違うもん。違うもん」

矢崎の言葉を聞いて、またしても駄々っ子になる。「うぅ、うぅ」とすすり泣き、矢崎の身体を揺さぶって、自分の想いを訴える。

「私が好きなのはお父さんだもん。ずっとずっと好きだったんだもん」

「花……」

「嘘じゃないよ。私、ずっと隠してた。気づかれたら恥ずかしいって。大人になるまで言ったらだめって」

「おおお……」

せつない愛娘の訴えに、矢崎は甘酸っぱく胸を締めつけられた。

またしても脳裏に妻がよみがえる。

(明里、俺……ああ、俺――)

「お父さん、私十七歳になったよう。ねぇ、まだ子供？　まだだめ？　そんなことない、大人だよ。お父さん、私もう大人だよ。これ以上待てないよう」

「花……」

(ああ、だめだ。明里……俺、ほんとにもうだめだ！)

「お父さん、私、がんばってもっと大人になる。お母さんみたいにすてきな女の人になる。だからお願い、お母さんのこともう忘れて。もっと私を……ねえ、私を――」

「花……」

「あああああ」

杏奈を犯してしまったことで、とっくに鬼畜になっている。

だが矢崎は、さらなる鉄面皮へと自ら堕ちた。

3

「あああ……お父さん……」

椅子からすべり落ち、身体を反転させて娘を抱きすくめた。花は矢崎の抱擁に、感きわまったように嘆声をもらす。

とくん、とくんと左の胸で少女の心臓が鼓動していた。

ものすごい勇気だったろう。ものすごい恥ずかしさだったろう。

かわいい。どうしよう。死ぬほどかわいい。

矢崎は衝きあげられるような激情の虜と化した。

「花……」

「むんぅゥ……」

むしゃぶりつくように、いとしい娘に接吻した。矢崎の勢いを受けとめて、花の朱唇がぐにゃりとひしゃげる。

「お父さん」

「花……」

「お父さん、お父さん……んっんっ……」

……ちゅう、ちゅぱ。ピチャ。

「おおお……」

グイグイと口を押しつければ、花は自分からも腕をまわし、矢崎の身体を抱きすくめる。

右へ左へと、ぎこちないしぐさで顔を動かし、ぽってりと肉厚な唇を甘い吐息とともに密着させる。

(信じられない)

脳髄がしびれるほどの感激だった。ちゅうちゅぱと、品のない音を立てて美少女の口を吸いながら、矢崎は恍惚となる。

いろいろなことを妄想し、そんな自分に嫌悪をおぼえた。風前のともしび同様の理性を懸命にかき集め、花に誇れる父親であろうとした。

それなのに——。

「花……ああ、花」

「ああん……」

キスをするたび股のつけ根が、キュンキュンと不穏に何度もうずく。ジャージの中で陰茎が、どうしようもなく力を持つ。

「お、おいで」

「あっ、お父さん、アン……」

床から立ちあがり、花の手を引っぱった。足もとをもつれさせる少女の手をとり、リビングルームへと移動する。

ところが——。

「きゃっ」

「わわっ」

バランスをくずし、花がつんのめった。そんな娘の勢いに負け、矢崎はいっしょになって床にたおれる。

「ああん……お父さん、お父さん……はうう……」

身を挺《てい》して先にたおれ、花を守った。だが矢崎はそんな体勢にありながらも、焦げつくような渇望をこらえられない。

「ハアァ……」

娘をカーペットにあお向けにさせた。

記念日だからとめかしこんで、今夜の花は、白地に可憐な花柄の清楚なワンピースに身を包んでいる。

そんな娘に覆いかぶさり、背中に手をまわしてファスナーを下ろそうとした。

花はいやがらない。恥ずかしそうにしながらも協力し、自ら背すじを浮かせ、矢崎が脱がせやすくする。

「は、恥ずかしい……お父さん、恥ずかしいよう。ああ……」

「はぁはぁ……花、おおお……」

ワンピースのファスナーを下ろし、少女の肩から白い生地をすべらせた。

なよやかな、まるい肩が露になる。矢崎は鼻息を荒くして、まるまったワンピースをさらにズルズルと下降させる。

「ああ、花、おおお……」

「いやあ……」

ワンピースの中から露出したのは十七歳のフレッシュなボディ。

今もなお毎日発育しつづける、フェロモン出しまくりの健康的な肉体が惜しげもなくさらされる。

(すごい)

眼前に現れた眼福ものの眺めに、矢崎は息苦しさをおぼえた。

衣服の上からわかっていたことではあるものの、この娘が小学生だったころを知る身には、別人のような成長ぶりに、天の采配の神聖さを思う。

かつてはあんなに細かったのに、いつの間にか女性らしいやわらかそうな肉づきをたたえるようになっていた。

決して完成した大人の女性の体つきではないが、もはやこれは、子供とは言いきれない。

全体に硬さをしのばせてはいるものの、ふっくらとしたまるみがあった。いつも陽に焼けていた小麦色の肌が、きめ細やかな色白の美肌になっている。

コーラのボトルを彷彿《ほうふつ》とさせるS字のラインも鮮烈だった。

見事なまでに腰がくびれ、そこから一転し、意外なほどのボリュームで、ヒップがいやらしく張りだしている。

健康的に肉をふるわせる太腿の量感にもそそられた。おっぱいの盛りあがり具合にもうろたえる。

やはりGカップぐらいはあるだろう。あれほど胸がぺったんこだった小学生の花はもうどこにもいない。

意志薄弱な中年男をあざ笑うかのように、たわわにふくらむセクシーな乳がたっぷたっぷと揺れている。

そんな魅惑のフレッシュボディを、肌より白い下着が、つつましやかに包んでいる。

「おお。花、いつの間に、こんなにきれいに……」

万感の思いとともに、声をふるわせて矢崎は言った。

だめだ。こらえがきかない。

できることならすべからく紳士的に進めたいのに、劫火《ごうか》のような激情がメラメラと紅蓮《ぐれん》の炎をあげはじめる。

「そ、そんなこと言わないで。お父さん、私、恥ずかし……アアン……」

「おお。花……」

みずみずしい肢体をねっとりと鑑賞している余裕はなかった。矢崎はワンピースにつづき、今度は娘の身体から純白のブラジャーをむしりとる。

「あぁん」

――ブルルン！

「うおおおおっ！」

ブラジャーの中から飛びだしたのは、マスクメロンのような豊乳だ。ようやくラクになったとばかりにたゆんたゆんと揺れ躍り、先端の眺めを見せつける。

矢崎は息を呑んだ。

思わず泣きだしそうにもなる。

花のおっぱいの先っぽには、母親とよく似たピンク色の乳輪。その中央に鎮座した乳首は早くもつんとしこり勃ち、まんまるな肉実をアピールする。

「あぁん、恥ずかしいよう。お父さ――」

「おおお。花！」

「きゃあああ」

ぶしつけな父親の視線に花は恥じらった。ますます小顔を真っ赤に染め、両手で胸を隠そうとする。

しかし、そんな娘を矢崎は許さなかった。

機先を制するようにして、白い両腕を左右に払う。

プルンと揺れ躍るたわわな乳を、誰にもわたすものかとばかりに、わっしと両手で鷲づかみにする。

「ハアァン。お父さ……きゃあああっ――」

「はぁはぁ……あぁ、花、どうしよう。お父さん、おかしくなってしまいそうだ」

「あっあっ……ちょ、お父さん……あっあっ……えっ。ええっ。あっあっ……」

「はぁはぁ。はぁはぁはぁ」

両手にあまる乳塊を、矢崎はもにゅもにゅとせりあげる手つきでまさぐった。

これはやはり、まだ思春期の、少女の乳房だ。

見事なまでの豊満さなのに、淫靡な張りに充ち満ちて、揉めば揉むほどさらに張りを増してくる。

「あっあっ……いや、恥ずかしい。ええっ。アァン……」

矢崎は乳房をまさぐりながら、ワイパーのように人さし指を動かした。

ねらいを定めたのは、もちろん乳首である。乳の頂につんと勃つ、まんまるな肉芽をスリスリとあやした。

硬いような、やわらかいような感触の乳首は、まるでグミのようである。ふたつの肉芽を、乳を揉みながらしつこく擦れば――。

「あっあっ。ちょ……えっ、なに……待って……待って待って。ひゃん。ひゃん」

「おおお。花……」

矢崎は娘の反応に鳥肌のさざ波を立てた。頭の中には妻だった明里の痴態がまたしても生々しく再生される。

（やっぱり……やっぱり花も――）

「あっあっ。ひゃん。いやン、待って。あン、ちょ……だめ。お父さん、ああ……」

「はぁはぁ……花……花……！」

乳首をスリスリとあやされるだけなのに、花の感じかたはそうとうに過敏だ。乳芽を倒されるたびごとに、火照った半裸身をあだっぽく痙攣させる。

しかも、そんな自分のはしたない反応に本気でとまどった。清楚な美貌をこわばらせ、パニックぎみに身体をのたうたせて唇をふるわせる。

4

「お父さん、待って。あの――」

「恥ずかしがることなんてないぞ、花。ほら、感じるだろう」

いやらしいDNAは、やはりこの娘にも受けつがれていたのだ。

そのことを確信し、矢崎はますます容赦がなくなる。

「きゃあああ」

舌を突きだし、乳を揉みながら乳首を舐めた。

花はますますとり乱す。これまで以上にとり乱した声をあげ、強い電気でも流されたように、カーペットの上でバウンドする。

「お父さん、待って」

「待たないぞ。気持ちいいだろ、花。んッ……」

……れろん。

「きゃあああ」

（すごい）

身体からふり落とされそうになりながら、矢崎はさらに鼻息を荒らげた。ふり飛ばされるものかと、もう一度娘に覆いかぶさる。ねちっこく乳をせりあげつつ、右の乳首から左の乳首、また右へ、左へと、責めたてる乳芽をかえつつ責める。

「ひゃん。ヒィン。いや、なにこれ……ちょっと待って……お父さん、は、恥ずかしい……」

自分の身体にひそんでいた、ありえない魔物に花はうろたえた。

必死に取りつくろおうとする。先ほどまで見せていた矢崎への甘えを引っこめて、義父にやめさせようとする。

「大丈夫。恥ずかしがることなんてない。お母さんもこうだった。んっ……」

「うあああ。ムンゥ……」

はぷんと片房の頂にむしゃぶりついた。

同時に舌で乳首をはじけば、花はまたしてもこらえきれないよがり声をあげ、あわてて自分の口を押さえる。

「や、やめ……やめて、お父さん。もうやめよう。ねえ、おねが――」

「だめだ。もうお父さん、我慢できない。んっんっ……」

……れろれろ。ねろん。ちゅう、ちゅぱ。

「あっあっあっ。いや……うそ、なにこれ。どうしてこんなに……あっあっ……」

「お母さんもそうだったんだ。恥ずかしがらなくていいんだよ。おまえにも、お母さんの血が流れているんだ。んっ……」

「そんな……そんな──うああ。ああああ。恥ずかしい。なにこれ。うああああ」

今度はふたつの乳芽に、左右交互にむしゃぶりつく。

そのたび花は、おもしろいほどビクビクと半裸身を痙攣させ、恐怖にかられた顔つきになる。

（こいつはたまらん）

知らなかった自分の肉体の魔物に気づき、美少女は本気でとまどった。

だが狼狽したところで、どうにもなりはしないのだ。

そう。花の肉体に、母親と同じ血が流れているのなら。

「おお。花、これはどうだ」

こみあげる歓喜に、じわりと涙がにじみだすのを感じながら、矢崎は花から身体をずらした。パンティ越しにクリ豆のあたりをゾロッと撫でる。

「ヒイイィィ」

（おおおっ）

苛烈な花の反応に、矢崎は快哉《かいさい》を叫びそうになった。

こうだった。ああ、懐かしい。明里もこうだったのである。

矢崎は、永遠に失ったはずの大事なものがふたたびこの手に飛びこんできたような、甘酸っぱい幸せに打ちふるえる。

――好きな人にされたときだけなの。

かつて明里はそう告白した。

好きでもない男にされても、ここまでおかしくはならないと。もちろん自慰などでは、とうてい無理な快感だと。

そして、前夫との睦《むつ》みごとでも、ここまでおかしくはならなかったと明里は言った。

――準ちゃんだからなの。準ちゃんがしてくれるから、変になるの。

（もしかして、おまえもか、花）

……スリッ。スリッ。

「あああああ」

矢崎は息づまる思いにかられ、なおもパンティの上から陰核をいじくった。

「あああ。いや、だめ。やめて、お父さん。いやいや。ああああああ」

（すごいぞ）

花の感じかたは尋常ではなかった。

かゆいところをソフトにかくような指づかいで、矢崎はいやらしく指を動かす。

決して強い刺激ではない。

それなのに――。

「あああ。やめて。やめてよう。いやあ。恥ずかしい。だめだめだめ。うああ。あああああ」

花の反応は、ぬかるむ肉壺で陰茎を出し入れされてでもいるかのような激しさだ。

まだ処女である。男を知らない身体なのだ。

そうであるにもかかわらず、ここまで感じる美少女に、矢崎は劣情をこらえきれない。

「花、お父さん、おかしくなりそうだ」

訴える声は、思わずふるえ、うわずった。

「アァン……」

……パフッ。

乳から口を放すと、空気の抜けるような音がした。

どうやら異常とも言えるほど吸っていたようだ。色白な乳の先っぽだけ、あざでもできたかのように赤く変色してしまっている。

唾液まみれのおっぱいが、プルンプルンといやらしくふるえた。乳首はたっぷりの蜜をまぶしたサクランボのような眺めを見せる。

「お父さ——ああああぁ」

「はぁはぁはぁ。おおお……」

矢崎は娘の許しも得ず、パンティの縁からいよいよ中へと指をすべりこませた。

へそのほうから下着の内側へと強引に指をくぐらせて、一気にクリトリスにたどりつく。

「いやあああ」

(なんだ、このマ×毛)

指と手のひらに感じる陰毛の豪快さに矢崎は驚いた。目で見てたしかめたわけではないが、かなりの繁茂量が感じられる。

(もしかして……ご、剛毛なのか、花)

試しに手のひらを動かすと、ジャミジャミとした感触が猛烈にする。こんなかわいい顔をして、アソコはモジャモジャの超剛毛——妄想しただけで、股間の陰茎がビクンとふるえた。

　男根はとっくに勃起をし、ジャージのズボンとボクサーパンツを裏側から思いきり突きあげている。

　肉棒がキュンと脈動したせいで、突っぱった下着とジャージが破れてしまうかと思うほどさらに生地を張りつめさせる。

「花、ああ、花」

　手のひらをチクチクと刺す陰毛の感触にも発奮した。矢崎は鼻息を荒らげ、指を押しつけた陰核を、ねちっこい指づかいでしつこくあやす。

……くにゅくにゅ。

「あああ。ああ、いや。なにこれ。お父さん、もうやめて。変だよう。私、変だよう。ああああああ」

「変じゃない。それでいいんだ。ほら、化、いっぱい感じて。恥ずかしがらないで」

……くにゅくにゅ、くにゅくにゅくにゅ。

「きゃああああ」

（えっ）

　パンティの中に違和感があった。突然温かな液体が、少女の秘丘とパンティの布の間にじゅわんとあふれだす。

（これは）

「おお。花、はぁはぁはぁ」

「ああ、いや。どうしよう。困る。困る。なにこれ。恥ずかしいよう。あああぁ」

……じょわあ。じょわわあ。

「いやあああ」

（おしっこをしている）

期待をうわまわる処女の反応に、矢崎はいきり勃った。

こともあろうに、花はとうとう失禁までした。つんと鼻を刺すアンモニア臭が、リビングいっぱいに立ちこめる。

地元の名門進学校でも、上位をキープする才媛なのだ。

学校からは一流国立大学への進学も太鼓判を押される聡明な少女。それなのにクリトリスをあやされ、こらえきれずに小便を漏らしている。

しかも、いやらしい放尿音までひびかせて。

これで興奮するなというほうが無理というもの。

神様、あなたはなんと魅力的な女の子を私のもとにお授けになったのか。

「花、おしっこしているの。んん？　はぁはぁはぁ」

なおも陰核をあやしながら、興奮した声で矢崎は聞いた。

「してない。しっこなんてしてなあああああ」

「してるじゃないか。なんだい、花、これ」

「きゃああ。さわらないで。だめだめ。きゃあああ」

恥じらった花は涙目になってかぶりをふる。

ストレートの黒髪が、ふわりとシャンプーの芳香をまいた。花の甘ったるい体臭が汗の湿りとともにシャンプーのアロマに入りまじる。

だが、どんなに少女が認めようとしなくても、肉割れをなぞれば否定のしようもない。上へ下へとワレメを刺激すれば――。

……じょわわわわ。じょわわわわわ。

「いやあああああ」

「ああ、またしっこがこんなに。いやらしい子だ。オマ×コいじくられただけでおしっこしてしまうだなんて」

亡妻の遺したかわいい娘に甘酸っぱいいとおしさをおぼえつつ、どうしても矢崎はいじめてしまう。

かわいいと思えば思うほど、はずかしめずにはいられないだなんて。男という生き物は——いや、俺というできそこないの人間は、なんと因果な存在だろう。

「いやあ。そんなこと、言わないで。お父さん、誰にも言わないで。うぅ、うぅ」

矢崎の指摘に花は嗚咽し、すがるように言う。

「言うもんか。お父さんと花だけの秘密だ。ああ、花」

衝きあげられる激情に負け、へたをしたらこのまま膣へと指を挿れてしまいそうだった。

だがさすがに、処女に対してそれはできない。

矢崎はワレメから指を放し、パンティから手を抜こうとした。

「はうう、お父さん」

「はぁはぁ……花、だめだ。もうお父さん、がまんできなく——」

「ふたりともやめて！」

（えっ）

うわずる声をどうにもできないまま、いよいよ挿入へと移行しようと思ったときだ。

いきなり引きつった女の声がリビングの入口あたりからひびく。

「――あっ」

「きゃあああ」

ふたりでギョッとし、いっしょに同じほうを見た。矢崎が声をあげ、花はけたたましい悲鳴をはじけさせる。

そこにいたのは、杏奈だった。

「杏奈ちゃ――」

矢崎は杏奈に声をかけようとした。ところが――。

「ああン、お父さん、お父さん」

（ええっ？）

花のまえだというのに、杏奈は容赦しなかった。

矢崎をお父さん呼ばわりし、甘えた態度で駆けよると、花を突きとばしてむしゃぶりつく。

「きゃあああ」

「ああ、ちょ……杏奈ちゃん――」

愛娘を突きとばされ、矢崎はパニックになった。

万事休す。

いつからそこにいたのかは知らないが、杏奈がこんな態度に出ても、矢崎は怒ることもできない。

今さらのように自分の愚かしさが悔やまれた。あの日、公園の森でまぐわってしまった禁忌な記憶を重苦しい思いで心によみがえらせる。

「花ちゃん、ずるい。ずるいよ」

杏奈は矢崎をかき抱き、甘えたように頬ずりをしながら、かたわらでフリーズする花をなじる。

「ええっ……？」

花は完全に思考を停止させていた。

恥ずかしそうに胸を隠し、クロッチを濡らしたパンティも、身体をまるくして杏奈の視線からさえぎろうとする。

少女がまるくなる身体の下では、漏れでた小便がアンモニアの臭《にお》いを放ちながら、カーペットにまるいシミを作っていた。

「廉ちゃんに好きって言ってもらえたのに、彼を傷つけるようなことをして。きれいで、頭がよくて……でもって、でもって……」

「杏奈ちゃん……」

杏奈は感情を昂らせ、涙声になっていた。花に見せつけるように矢崎に抱きつき、険しい顔つきで花を見る。

そんな杏奈を持てあました表情のまま、花は声をふるわせた。

杏奈が叫ぶ。

「私がほしくても無理なものいっぱい持ってるくせに、自分の父親とこんなことまでして――」

「杏奈ちゃん、待って。私は――」

「お父さんは私のものだもん」

挑発するように、杏奈は言った。

「……ええっ？」

ここまでのなりゆきで、もしかしたら察していたのかもしれない。見ればわかるという話もある。

花は美貌をこわばらせ、眉を八の字にして杏奈を、そして矢崎を見た。

（最悪だ）

悲しそうな花の表情に胸が痛む。

なにも言いわけができない自分を心底憎んだ。

「は、花――」

それでもなにか言わなければと口を開いた。しかしそんな矢崎に、杏奈はみなまで言わせない。

「知ってた、花ちゃん？　私、もうお父さんの女だよ。花ちゃんになんかわたさない。花ちゃん、なんだって持ってるじゃない。贅沢《ぜいたく》、言わないで」

「杏奈ちゃん……」

こんなに感情を露にする杏奈を見るのは、矢崎ははじめてだった。

そしてそれは、おそらく花も同じだろう。花は愕然《がくぜん》としたまま、わなわなと唇をふるわせた。

「ねえ、そうでしょ、お父さん」

杏奈は矢崎にしがみついたまま、駄々っ子のように身体を揺さぶった。

「杏奈ちゃん……」

矢崎の声は、たまらずかすれる。

花の視線が針のように彼を刺した。

「そうだよね、お父さん。私たち、エッチしたもんね。私、お父さんに大人の女にしてもらったんだもんね」

杏奈は挑むように、キッと花を見た。

「中にも出したんだよ、お父さん。精子いっぱい、中に出した」

(終わった)

憎悪をにじませた杏奈の言葉に、花はなにも言わなかった。

ただ、今まで見たこともないような、悲しい顔つきになっている。

「そうだよね、お父さん。ねえ、そうだよね。あーん」

「杏奈ちゃん……」

号泣する声が部屋にひびく。

花は彫像のように固まっていた。

矢崎は花を見ていられず、力なく視線をそらす。

杏奈は幼い子供になって、矢崎に抱きついたまま泣きつづけた。

第四章　お堅い女性教師

1

「どうしたの、矢崎さん」

美琴は花をしかった。

「すみません……」

うつむいた花は蚊の鳴くような声で謝罪する。

「私にあやまったらすむ問題じゃないです。そんな態度で勉強をしていてどうするんですか」

「はい……」

美琴は困惑し、さらに花に言った。珍しいこともあるものだ。ぼうっとしていたらしく、質問をしても答えられない。

(なにかあったのかしら)

いつも真面目な生徒だった。授業に身が入らないだなんて、美琴が知るかぎりはじめてのことである。

「いいわ。座ってください。ちゃんと聞いていてね、いいですか」

「はい……」

花はうつろな顔つきでうなずいた。

やはりおかしい。美琴の脳裏に、恐縮しきりだった矢崎の面影がよみがえる。

(いやな予感しかしないんだけど)

花を座らせ、ほかの生徒を指名しながら心でため息をついた。

今夜、時間を作れる余裕はあったかしらと、心の片隅でこっそりと、美琴はスケジュールを確認した。

(――というわけで、父親を呼び出したわけだけど)

その夜。

美琴は目の前の矢崎を持てあまし、ひそかにため息をついた。

「申しわけありません。申しわけありません、先生。よよよ」

矢崎は人目もはばからず、ボロボロと涙をこぼして号泣した。

明らかに年下もいいところの若い女の前で泣きむせぶ矢崎を、好奇の視線で周囲の客たちが見る。

駅前の繁華街にある、どこにでもあるような居酒屋の中。

ほぼ満席の店内はワイワイとにぎやかで、ほとんどの酔客は美琴と矢崎のことなど眼中にない。

最初は酒など飲むつもりはなかった。仮にも教師と生徒の父兄なのだから、当然である。

だが、待ちあわせをしたカフェで事情を聞こうとしても、矢崎は要を得なかった。なにか言いたいことはあるらしいものの、とてもシラフでは、思うようには言葉にできないという感じだったのだ。

美琴の判断は正しかった。

居酒屋に誘い、好きなように酒を飲ませると、ついに矢崎は泣きながら、ことここに至る子細を問わず語りに告白しはじめた。

正直、話を聞いて啞然とした。

なにをしているのだ、このすっとこどっこいの中年男は。

亡き妻の妹に誘われて手を出しただけではあきたらず、十五歳だという近所の娘につづき、ついには自分の娘とまで、美琴との約束を反故《ほご》にして乳くりあおうとするとは言語道断もいいところである。

(話にならないわね)

聞けば聞くほど、この男の情けなさにため息が出た。一発殴ってもよいのなら、殴ってやりたいぐらいである。

ようやく花の様子がおかしい事情がわかった。だがこの男の言っていることが正しいのなら、ひとつだけ腑に落ちないところがある。

「矢崎さん」

「よよよ」

「いや、よよよじゃなくて。鼻水、ふいてください」

鼻水を垂らして泣きむせぶ矢崎を見ていられなかった。バッグからポケットティッシュを取りだし、矢崎に差しだす。

「ず、ずびばぜん。えぐっ」

ボロ泣きをする矢崎はしゃくりあげながらティッシュを何枚か取りだす。品のない音を立てて鼻をかむ。

「えっと……確認なんですけど」

そんな矢崎に、腹を立てながらもちょっぴり苦笑しながら美琴は言った。

ちょっと待て――美琴は思う。

なんだか自分は、思っていたほど怒っていない。一発殴りたいのは事実だが、どこかに怒りとは別の感情もたしかにある。

「は、はい。なにか。えぐっ」

瞼《まぶた》を腫らして泣きながら矢崎は言った。

飲まないことには美琴の前になどいられないとばかりに、もう何杯目になるかわからないビールのジョッキをかたむける。

「ぐびぐびぐび」

「娘さん……花さんを……無理やり、その……あなたのほうから、その……なにしたというわけじゃ……」

「違います。娘のせいにするつもりは毛頭ありませんけど、違います。神に誓って」

矢崎は涙に濡れた目で、まっすぐに美琴を見た。

嘘をついているとは思えない。

そう言われてみて、ようやく納得できることがある。

花のあの様子——あれは恋する少女の、悲しみの顔つきだったのだ。なにか違和感があったが、なるほど、そういうことだったのか。

「つまり、せっかく花さんから好意を打ち明けられたというのに、そのまえにこっそりと近所の女子高生……花さんと仲よしの女の子と犯罪行為をしていたために」

「犯罪行為……よよよ」

（ああ、めんどくさい）

美琴の言葉に、またも矢崎は号泣した。涙も鼻水もダダ漏れにして、人目を気にする余裕もなく、後悔と悲しみを露にする。

「全部俺のせいです。えぐっ。花は……かわいいあの子は、こんな俺のことを好きだと言ってくれたのに。うえっ。杏奈ちゃんの誘いを断れなくて、あの子にまで、俺はいけないことを」

「犯罪ですよね、何度も言わせてもらいますけど」

「ずびばぜん。ずびばぜん。もうどうでもいいです。先生、警察に突きだしてください。俺なんか、もうどうなったって。ひぐっ」

（この人、ばかすぎ）

泣きじゃくる矢崎に、美琴はため息をついた。

こちらももう何杯目になるかわからなかった。注文したばかりの新たなジョッキを手にとり、よく冷えたビールを喉の奥に流しこむ。

「ふう……」

久しぶりに酔っ払った。気づけばずいぶん身体にアルコールがまわっている。

涙をぬぐってしゃくりあげる目の前のすっとこどっこいに、美琴はまたもため息をついた。

（モテモテじゃない、矢崎さん）

こんな男のどこがいいのかしらと腕組みをして矢崎を見ながら、美琴はまたも自分が苦笑をしていることに気づく。

ことの子細をあまさず聞いたかぎりでは、同情の余地はまったくない。だが、そうであるにもかかわらず、なんだか笑いだしたくなってくる。

あんなに真面目で優秀な女の子。

しかも顔立ちだってとんでもない愛らしさなのに、そんな娘がこのような男を、本気で好きでいたなんて。

男と女はわからないというが、まさに真実。

だが、そうは言いつつ花や、彼女より年下だという近所の少女、ついでに言うなら亡き妻の妹だかまでもがこの男にひかれる理由はわからなくもない。

(少なくとも……)

美琴は思う。

かつて自分を傷つけ、苦しめた忌まわしい男とは、まったく種類の違う人間だ。

そのことは間違いがないと、美琴は確信する。

ばかでスケベで唐変木なのに、なんだか抱きしめてやりたくなる。

(笑いたくなってきちゃった)

やはり今夜は、そうとう飲みすぎたようである。

教師たるもの、こういうときは毅然とした態度でいなければならないはずなのに、聞けば聞くほどなんとも言えない気分になってくる。

この男は、おそらく義理の娘をいちばん愛している。

そしてまた、信じられないが、あのかわいい矢崎花も、この男が好きなのだろう。

それなのにこりふがいない義父は、十五歳の女の子との関係まで当の本人から暴露されて……。

（どうするのよ、矢崎さん）

矢崎と花のこれからを思うと、暗澹《あんたん》たる思いになった。

もちろん、仮にふたりが仲直りできたとしても、そこから先は途方もなく困難だ。日本の法律では、ふたりの婚姻は認められない。

だがおそらく、矢崎花はそんなことは百も承知のはずである。そのうえで、この男に気持ちを打ち明け、穢《けが》れのない身体まで捧げようとしたのだろう。

「幸せ者」

（あっ、いけない）

気づけば美琴は口に出して矢崎に言っていた。

「ず、ずびば……えっ？」

反射的にまたもあやまろうとした矢崎は、鼻水を垂らしながらきょとんとする。

まあいいや、酔っちゃったと、美琴は開きなおった。

「血のつながらない他人が、ひとつ屋根の下で暮らすってたいへんですよね」

美琴はそう言って、またもジョッキをかたむける。こくこくと喉を鳴らし、胃袋にビールを流しこんだ。今までより、さらに豪快に。

「あ、あの……先生？」

飲みっぷりのよくなった美琴にうろたえているのがわかった。矢崎は目をパチクリさせ、片手を美琴に突きだして、おもしろいほどオロオロする。なるほど。こういうところはたしかにちょっぴりかわいいかもしれない。

「でも、矢崎さん」

「は、はい」

なんだか自分の目がとろんとしてきたことに、美琴は気づいた。大きく見開こうとしても、なんだかちょっと瞼が重い。

「あなた、幸せ者ですよ。若い女が偉そうですみませんけど」

「せ、先生……？」

「出ませんか」

とまどう矢崎に、美琴は言った。

なんだかいつになく、アソコがムズムズしてきている。

セックスがしたい。

美琴は衝きあげられるような劣情をおぼえた。

——おまえ、飲みすぎるとやばいぞ。

大学時代、ごく短い間だけ交際をしたことのある当時の恋人に言われたことを、美琴は思いだした。

その恋人はとまどったように、あきれたように、起きぬけの美琴にこう言ったのだ。

——まさかおまえが酔っ払うと、あんなに人が変わるとは思わなかったよ。

2

「アァン、ち×ぽしゃぶらせて。ち×ぽ、おち×ぽ。ハアァァン」

「うおお、み、美琴先生、おおお……」

女という生き物はつくづくわからない。

もういい加減それなりに生きてきてはみたが、それが矢崎の偽らざる実感だった。

大事件に発展してもおかしくはないほどの真実をたずさえ、すべてを懺悔《ざんげ》するつもりで美琴のもとに出向いた。

数日前、花と杏奈とあのようなことがあってから、家にいても針のむしろだった。

花は矢崎と口をきこうとはしなかった。

家の中でバッタリはちあわせをしても、そのたび逃げるように矢崎のまえを離れ、声をかけても完全に無視である。

だが、矢崎にしてみれば自業自得もいいところ。自分でまいたタネなのだから、花にどんな態度をとられようとなにも言えない。

杏奈には後日謝罪をされたが、彼女があやまる話ではなかった。

誰がどう考えても、いちばん悪いのは矢崎である。

今夜はそんなあれこれを、包み隠さず花の副担任にすべて話すつもりで来た。

せめて矢崎にできるのは、逃げも隠れもしないこと。このうえ身勝手な言いわけなどして、さらに恥知らずな男にだけはなりたくなかった。

それなのに――。

「ほら、矢崎さん　ち×ぽ出して。ほら、ち×ぽ……アアァン……」

「うおお、美琴、先生、あああ……」

これはいったいどういう展開だ。

そもそも名門進学校の教師たるものが、駅前にほど近いうらぶれたラブホテルなどに、生徒の父兄としけこんだりなどして問題はないのだろうか。

(いや、あるだろう、メチャメチャ!)

「ああ、先生、わあっ……」

こんなことをしてよいわけはないと、心の中では思っていた。

だが現実問題、矢崎はベッドに押したおされ、こともあろうにスラックスと下着からペニスを露にされようとしている。

しかも――。

「アァン、もう大きくなってるじゃない、矢崎さん」

(大きくなってるのか、息子よ！)

ついにズルリとボクサーパンツごとズボンを脱がされると、露出した陰茎は、すでに六分勃ちぐらいにまでなっていた。

この期に及んでも、まだ勃起できる自分にやるせない気持ちになる。

いくらホテルに入ってから美琴とねっとりとキスをしたからとは言え、自分の立場を考えたら、男根をいきり勃たせている場合ではない。

そう。勃起している場合ではないのである。

だが――。

「あん、この匂い好き。んっ……」

……チュッ。

「わあ、先生」

「久しぶりかも、この匂い。んっんっ」

……チュッチュ。ちゅぱ、ちゅぱ。れろん、れろれろ。

「うおお……美琴、先生……あああ……」

酔いとともに淫乱さを剝きだしにした美人教師は、艶めかしく両目を潤ませた。もれだす吐息はどこまでも酒くさく、しかも同時に熱っぽい。

そんな美琴はベッドにうずくまり、矢崎の肉棒に何度もキスをした。そのたび矢崎の男根は、強い刺激に耐えかねてビクン、ビクンと脈動する。

「あぁン、ビグヒクしちゃう。んっ……」

「おおお……」

美琴の行為はエスカレートした。

キスをするだけでなく、ついには極太を夢中になって舐めはじめる。

ソフトクリームでも舐めるかのように、棹も亀頭もまんべんなく、ぺろぺろ、ねろねろと舐めまくる。

「先生、あああ……」

いやらしさを全開にした女教師のフェラチオに、たまらずゾクリと鳥肌を立てた。

もしかしたら処女かもしれないとすら、美琴のことを思っていた。それほどまでに昼間の美琴は堅い人柄で、いかにも教師然としている。

ところがどっこい、ひと皮むけばこうである。

自分の人生を賭け、すべてを精算するつもりで出頭したのに、気づけば矢崎は断罪されるべきその人に、六分勃ちのペニスを幸せそうにしゃぶられている。

いや、もう六分勃ちどころではない。

(ビンビンじゃないか)

見れば陰茎はガチンガチンに反りかえっていた。

どす黒い棹に青だの赤だのの血管を盛りあがらせ、ぷっくりとふくらむ鈴口は、凶暴なまでに肉の傘を開いている。

「アァン、なんだか、よけい変になってきちゃった……」

美琴ははぁはぁと息を荒らげ、矢崎の怒張にむしゃぶりついていた。

女教師は独りごとのようにつぶやくと、いったんペニスから口を放し、着ているものを脱ぎはじめる。

「せ、先生、うわあ……」

矢崎はとまどうが、美琴はおかまいなしである。

銀縁眼鏡のレンズは、熱気のせいで曇っていた。

いくらか汗をかきはじめたらしく、ストレートの黒髪が乱れ、早くもべっとりとうなじや頬に貼りついている。

（マジか）

裸になりはじめた美琴に、矢崎はけおされた。

しけこんだラブホテルの部屋は、明かりがついたままである。かびくさい室内は、クイーンサイズのベッドを置いたら、あとはたいして余裕もないほど狭かった。

「なんか暑い……ハァァン……」

「おおお、先生……」

困惑したように言いながら、美琴は着ているものを脱ぎ、あっという間に下着姿になった。

服の上からでもわかってはいたが、手脚が長く、モデルのようにすらりとしたほれぼれするような体つき。

胸もとのひかえめなふくらみは、Cカップほどであろうか。伏せたお椀《わん》さながらの美乳がフルフルと小ぶりなふくらみをふるわせる。そんなおっぱいを包みこんでいるのは、深いパープルのブラジャーだ。

はいているパンティも、ブラジャーとそろいのものだった。

「えっ、先生、わわっ……」

美琴は堂々としたものだ。

ベッドの上で服だけでなく、パンティまでも完全に脱ぐ。

「ほら、矢崎さん、舐めさせてあげる」

酔いのせいで、その口調はどこか甘やかで、ねっとりとしたものになっていた。ベッドを膝立ちで移動すると、乗馬する騎手さながらに片足をあげ、矢崎の身体に大胆にまたがる。

しかも、こちらに背中と尻を向けるシックスナインの体勢で。

「わあ、先生、むぐぅ……」

「ハアァァン」

生真面目な女教師とも思えぬ大胆さに驚くいとまもなかった。あろうことか美琴は、まるだしにしたヒップと恥部を、自ら矢崎に押しつけてくる。

(ああ、すごい)

「アアァ、矢崎さんのエッチ。あン、だめえぇ。ハアァァン」

「い、いや、エッチって、先生、んむぐぅ……」

しかも、ただ押しつけただけではなく、美琴はプリプリと尻をふり、矢崎に媚肉を擦りつける。

……ネチョ。ニチャ。

「アアアン」

「おおお、先生……ぷはぁ……」

美琴の淫肉は、とっくにとろけていたようだ。

いやらしく矢崎の顔に擦りつけられるたび、めかぶのぬめりさながらのとろみが彼の顔に襲いかかる。

ぬめぬめになった貝肉のような淫華が惜しげもない勢いで、右から、左から、また右から、呆然《ぼうぜん》とする矢崎の鼻面と戯れる。

……ニチャ。ネチョネチョ。グチュ。

「うおお、美琴先生……」

「ほら、舐めて、矢崎さん。舐めたくないの。アァアン、クリちゃん、擦れるンン。んっ……」

「うわわっ」

美琴は恥肉を矢崎に擦りつけながら、とうとう陰茎をまる呑みした。キュッと口全体をちいさくすぼめ、ぬめる口腔粘膜《こうくうねんまく》で男根全体を締めつける。

そして、上へ下へと小顔をふりたくり——。

……ぢゅぽぢゅぽ。

「うわあ。美琴先生、そ、そんなことされたら……」

「んっんっ。矢崎さんもして。オマ×コ舐めて。ねえ、舐めて。舐めたくないの？」

「そ、それは、ああ……」

……ぢゅぽぢゅぽ。ぢゅぽぢゅぽぢゅぽぢゅぽ。

（気持ちいい）

全身から、力が抜けていくのを矢崎は感じた。

思いがけない展開にとまどい、ことここに至るも遠慮はあったが、快いフェラチオの刺激と顔面に襲いかかるヌルヌルの牝貝に、理性がちりぢりになっていく。

（もうだめだ）

いったい俺はなにをしているのだという嫌悪感は猛烈にあった。だが矢崎は、魅力的な女教師の誘いにあらがいきれない。

「先生……」

……チュッ。

「ハアアァァン」

ついに鼻息を荒くして、美琴の尻をガッシとつかむ。そうしてぬめる牝園に、ヌチョリと舌を突きたてた。

3

「おお、先生、たまらない」

……ピチャピチャ。れろれろれろ。

「あぁン、矢崎さん、舐めて。いっぱい舐めて。舐めて舐めて。うあああああ。んっんっんっ……」

……ぢゅぽぢゅぽ。れぢゅれぢゅれぢゅれぢゅ。

「うああ。ああああああ」

(とろけそうだ)

とうとうふたりのハレンチな行為は、責め、責められるシックスナインを本格化させた。どちらも相手の性器にふるいつき、鼻息荒くれろれろと、ねちっこく、いやらしくしゃぶりあう。

(すごく濡れてる)

目の前でひくつく卑猥な女陰に舌を擦りつけながら、矢崎はようやくじっくりと性器の全貌を鑑賞した。

淡くはかなげな陰毛が、ふっくらとしたヴィーナスの丘を艶めかしくいろどっている。縮れ毛は、持ち主自らが矢崎に擦りつけたせいで、クシャクシャに毛先をそそけ立たせていた。

そんな秘毛の下部に、ネトネトにぬめり光る女教師の蜜園はあった。

ものほしげに開口と収縮をくり返す牝溝は、いやしい涎をとろとろとあふれさせている。

やわらかそうな大陰唇を押しのけて、二枚のラビアがぴょこりと飛びだしていた。複雑そうな稜線《りょうせん》を見せるビラビラの縁は、さらに外側にまるまって、満開の百合の花さながらの眺めをかもしだしている。

露出した小陰唇は、いささか小さめに見えた。

しかしぱっくりと蓮《はす》の花の形に広がって、中身のあだっぽい粘膜をそのまままるごとさらしている。

肉粘膜は、たった今切断したばかりの鮭《さけ》の切り身を思わせた。新鮮さを感じさせるサーモンピンクの粘膜が、膣穴のくぼみをひくつかせ、あえぐかのような動きを見せて、新たな蜜をブチュブチュと分泌させる。

しかも、そんなワレメの上部には、肉莢からズルリと剝けたクリ豆があった。陰核はピンクのまるみを見せつけて、照明の光に輝きながらプルプルとふるえる。

「ああ、美琴先生、いやらしいオマ×コ、んっんっ……」

……ピチャピチャ。れろん、れろれろ。

見ているだけで、情欲をそそられる恥裂だった。矢崎はふたたび性急に、肉割れとクリトリスに舌の雨をお見舞いする。

「ハアァン。あっあっ、ああ、気持ちいい。矢崎さん、気持ちいいの。もっと。もっともっと。あああああ。んっんっ……」

「くうぅ、先生」

矢崎の責めに、女教師はあられもない声をあげた。

そのうえ、お返しとばかりにすぼめた唇で棹をしごく。くねらせた舌で鈴口を、何度もあやして擦りあげる。

(おおお……)

もうどれだけ、尿口から先走り汁をあふれさせたかわからなかった。肉傘の縁を舐められるたび、背すじをゾクゾクと官能の鳥肌が駆けあがる。

気持ちのよさに耐えかねてブルンと全身をふるわせれば、力んだ拍子にまたしても、ペニスからドロッとカウパーがもれる。

「おお。美琴先生、興奮します。んっんっ……」

しびれるような快感に恍惚としつつ、矢崎は美琴の尻肉をもにゅもにゅと揉み、クリトリスを舌ではじく。

「ああ。うあああああ」

……ブチュブチュ。ドロリ。

「ぷはあ。先生……」

美琴のクリトリスは、感度抜群なようである。

パンチングボールのように舌であやせば、蜜と唾液にまみれた秘孔がひくついて、咳きこむような勢いで、ゴハッ、ゴハッと愛液を噴く。

襲いかかる愛の汁をまともに浴び、矢崎は水鉄砲にでも撃たれたように顔を濡らす。

いやらしくひくつくのは、生々しさあふれる陰唇だけではなかった。

つかんだ双臀の谷間の底には、淡い鳶色《とびいろ》の肛門がある。

皺々《しわしわ》の肉のすぼまりもまた、息苦しげにヒクヒクとあえいだ。秘肛が開口と収縮をくり返す眺めは、滑稽でもあり、たまらなく卑猥でもある。

「はぁはぁ……美琴先生……」

「ああ、舐めて。もっと舐めて、矢崎さん。ねえ、して。してしてして。ああああ」

「こ、こうですか。ねえ、こう？　んっんっ……」

催促するように汁まみれの肉貝を擦りつけられ、矢崎はまたしても責めたてる。

やわらかな尻をおっぱいみたいにグニグニと揉んだ。ベッドから頭をあげ、はぁはぁと息を乱しつつ　くねらせた舌で陰核をはじき、ワレメのスジをこじって、こじって、こじり抜く。

「うああ。気持ちいい。それいいの。それいい。それそれ。あああああ」

……ブチュチュ。ブチュブチュ！

「ぷっはあ。はぁはぁ……ああ、先生、マ、マ×コからすごい汁が……」

……れろれろれろ。れろれろれろれろ。

「ヒイィン、し、汁出ちゃう。汁出ちゃうの。ああ、汁。汁、汁、汁。うあああああ」

「あっ……」

……ビクン、ビクン。

「アアァァン……！」

怒濤の勢いで　牝豆とぬめり溝を責めぬいた。するととうとう、淫らな女教師ははじかれたようにベッドにダイブする。

「先生、おおお……」

矢崎は身を起こし、痙攣をくり返す美琴を見る。

女教師は長い美脚をコンパスのように開いて投げだし、伸びやかな肢体をビクビクとふるわせる。

気がつかなかった。

いつしか美琴のきめ細やかな美肌はどこもかしこも汗まみれだ。

毛穴という毛穴から汗の微粒を噴きださせ、噴霧器で水でも噴きかけられたかのように、艶めかしくぐっしょりと濡れそぼっている。

「はうう……あ、あん、いや……だめ、け、痙攣、止まらない……アアアン……」

「美琴先生……」

「お尻、たたいて」

「……えっ」

なおもつっぷし、汗まみれの半裸身を断続的にふるわせながら美琴はねだった。

「先生」

「お尻、たたいて。折檻《せっかん》して。ねえ、私を折檻して」

美琴は駄々っ子のように身を揺らし、淫らなねだりごとをした。お堅い女性教師が、仮面の下に隠していた卑猥な素顔がさらに矢崎にさらされる。

「いや。あの、先生」

「たたいて。痛くしていいから。ねえ、こんな教師、ひどいでしょ。生徒の父親とこんなことしている教師なんて、ありえないですよね」

「あああ……」

「お尻、たたいて。ひどいことして。いけない教師をいじめて。いじめて」

「あああ、美琴先生」

美琴の品のないねだりごとに、矢崎はさらに発奮した。

うつぶせの女教師の下から抜けだす。ぐったりとした美琴をふたたび四つんばいの体勢にさせた。

「アン、矢崎さ……ハアァァン……」

ついでにブラジャーもむしりとる。ほどよい大きさのおっぱいが、ブルンとふるえて露になった。

ふくらむ乳の頂には、淡い色合いをした乳首と乳輪がある。乳輪の大きさはやや小さめ。乳首もいささか小ぶりに見えた。

「ああん、矢崎さああん」

「こうですね。こうされたいんですね」

たしかめる矢崎の声は、思わずうわずった。

（ええい）

なるようになれと開きなおる。美琴の背後で位置をととのえ、思いきり片手をふりあげる。

――バッシィィン！

「あああああ」

「おお、美琴先生……」

生々しい爆ぜ音も高らかに尻を張れば、みずみずしさあふれる尻肉がブルンとふるえた。しかも、尻をたたかれた女教師は背すじをたわめ、美貌を天に上向けて、感きわまったようなせつない悲鳴をひびかせる。

そんな激しい動きのせいで、ふたつのおっぱいもいやらしく揺れた。勃起した乳首をせわしなく、あちらへこちらへと躍らせる。

これで興奮しなかったら、男ではないだろう。

しかも――。

「お、犯して、矢崎さん。ねえ、犯してください」

「先生……」

発情して、ブルブルと全身をふるわせながら、美琴は誘うように尻をふった。

尻渓谷の底で息づく鳶色のアヌスも、うれしいの、うれしいのとでも言うように、さらにひくつきをくり返す。

「くぅ、こうですね……はぁはぁ……こっですね!」

美琴の禁忌なねだりごとに、我を忘れて呼応した。

尻を突きだす美女のうしろににじりより、唾液まみれの肉棒を手にとるや、亀頭をワレメに押しあてて——。

「ああ、先生!」

——ヌプヌプァプヌプッ!

「ぎゃあああああ」

膣奥深く肉棒をえぐりこむや、美琴け彼女とも思えぬ声をあげ、またもベッドにつんのめる。

「うわあ……」

そんな女教師と性器でつながった矢崎は、股間を引っぱられるようにして美女の背中に覆いかぶさる。

「あう。あう。あう。あン、いやン。あう。あう。あうう」

(すごい)

子宮を深々とほじられただけで、またしても美琴はアクメに突きぬけた。

生徒たちには聞かせられない品のない声をあげ、白目を剝いた凄艶な顔つきで合体の悦びに耽溺する。

どうやらポルチオ性感帯も、とっくに開発ずみのようだ。

堅物そうに見えて淫乱だった女教師に激しく昂りつつ、またしても美琴を獣の格好にさせる。

「はぁはぁはぁ……矢崎さん、して。してしてしてぇぇ」

肩を上下させてあえぎ、開いた口から涎を垂らしながら美琴はなおも所望した。見れば片側の尻には、早くも赤みがさしている。

「はぁはぁ……こうですね、先生。こうされたいんですね」

美琴の細い腰に両手をまわした。バランスをととのえ、両足を踏んばって、いよいよ腰を使いだす。

……ぐちゅ。ぬぢゅる。

（ああ、気持ちいい）

「うあああ。ああン、矢崎さん、たたいて。お尻、たたいてええ」

「こ、こうですね！」

——パッシィィィン！

「うあああああ。あああああ」

「でもって……こうですね！」

……ぐちょぐちょ。ぬぢゅる。

「ヒイィン。ああ、いいの。これいい。これイイン。たまらない。ああああああ」

矢崎はカクカクと腰をしゃくり、うずく亀頭をヌメヌメした牝肉に擦りつけた。

そうしながらまたも片手をふりあげて、まんまるに盛りあがる臀丘を、ピシャリ、ピシャリと平手打ちする。

「あああ、ごめんなさい。ごめんなさいィンン。あああああ」

尻をたたかれるたび、美琴は天に顔を向け、すべての言葉に濁音がついたかのような声音で謝罪した。

汗を噴きだす魅惑の裸身から甘い匂いが立ちのぼる。淫靡に濡れたCカップ乳が、たっぷたっぷとあだっぽくはずんだ。

(こんなにマゾだったとは)

被虐の悦びに酩酊《めいてい》する美琴に、矢崎は驚き、昂った。

ヒップを張るたび美琴の膣は、歓喜を露にして蠕動《ぜんどう》する。そんなぬめり肉にペニスをしぼりこまれ、愉悦の悪寒がゾクゾクと走った。

胎路の狭隘《きょうあい》さがさらに増し、亀頭とヒダヒダが窮屈に擦れて甘酸っぱい快美感がいちだんと高まる。

「ヒイィ。ごめんなさい。こんな教師でごめんなさい。ああああ」

「ゆ、許されませんよ」

──バッシイイン!

「んっひぎいいぃぃ」

調子に乗って、矢崎は美琴を糾弾し、さらに強めに尻をたたく。

「生徒の前では偉そうにしているのに、こんなことをされると感じるだなんて。ねえ、感じてるんでしょ、先生」

──バシッ! ビッシイィィン!

「うあああ。ごめんなさい。感じちゃうの。エッチな教師なの。ほんとはこんななのあああ」

「先生……」

「もっとなじって。ねえ、もっと責めて。だめな女だって非難してえええっ」

「くうう……この変態教師！」

――パァァァァン！

「ぎゃあああぁ」

「変態。エロ女！」

――パッシィィイン！

「ぐあああああ」

（ゾクゾクする）

矢崎は背すじに鳥肌を駆けあがらせつつ、ひどい言葉で美琴をなぶり、尻をたたく。

爆ぜる殴打音は、ますますけたたましさを加えた。美琴の尻はさらに赤みを増し、あざのようになってくる。

「矢崎さん、もっと、もっともっとお」

「えっと……えっと……」

「豚って言って」

「えっ」

「言って。ねえ、言って。言ってえええ」

「ぶ、豚！　牝豚！」

——バッシィィン！

「あああぁ。感じちゃう。気持ちいい。気持ちいい。うあああぁ」

「豚！　変態豚！　教師の皮をかぶったマゾ牝豚！」

——ピッシャアアッ！

「ぎゃあああ。もうだめ。とろけちゃう。もうイッちゃうンンン」

「くうぅぅ……」

——パンパンパン！　パンパンパンパンパン！

「あぁん、矢崎さん、ああああぁ」

「はぁはぁはぁ」

いやしい言葉でおとしめられ、我を忘れてよがり狂う女教師に、いよいよこちらも限界だ。

ぬめる膣ヒダと擦れるたび、火花の散るような電撃が肉傘からはじける。じわり、じわりと射精衝動が膨張し、こらえがきかなくなってくる。

「あああ。あああああ」

美琴もそうとういいらしい。

薄桃色に火照った裸身から、さらなる汗がにじみだす。

ぐっしょりと濡れた女体を前へうしろへと揺さぶって、矢崎は美琴の尻に股間をたたきつけては、膣の奥まで男根を挿す。

「うあああ。矢崎さん、矢崎さん、ああああああ」

(もうだめだ)

膝を踏んばりなおし、怒濤の勢いで腰をしゃくった。

とろける子宮に亀頭がぬぽぬぽと突きささり、そのたび子宮がキュッと締まって、しびれるカリ首を包みこむ。

「ヒイィン。ああ、奥気持ちいい。奥。奥、奥、奥ンンン。もうだめ。だめだめだめ。うあああああ」

「ああ、出る……」

「うああっ。あっあああああっ!!」

——びゅるる! どぴゅどぴゅどぴゅっ!

ついに矢崎は峻烈《しゅんれつ》なオルガスムスへと突きぬけた。押しよせてきた激情の波に、頭からザブンと呑みこまれる。

(あああ……)

荒れ狂う波に翻弄され、天地もわからずグルグルと錐《きり》もみ状態になったかのよう。陰茎が脈動するたび爽快な恍惚感が股間から広がる。

「はうう……あぁン、すごい……んはあぁ……」

「先生……」

なおもどぴゅどぴゅと、美琴の膣奥に精液を注ぎこみながら、ようやく矢崎は我に返る。

見れば美琴は尻だけを突きあげた恥辱の体勢で、ぐったりとベッドに上半身を投げだしていた。

どうやらいっしょに達したようだ。

白目を剥いたゾクッとするような顔をさらし、眼鏡のレンズを曇らせて絶頂の快感に恍惚としている。

「すごい……いっぱい……入ってくる……温かい、精子……ハアァァン……」

「おおお、美琴先生……」

美琴はビクビクと、断続的に汗まみれの裸身を痙攣させた。

一丁あがりとでも言うかのように、濃厚な湯気が女教師の肌からもうもうと立ちのぼる。

「はぁはぁはぁ……」

「はぁはぁ……」

乱れた息をととのえながら、ふたりはなおも、それぞれの快楽をむさぼった。

矢崎は女教師の膣奥までズッポリと男根を埋めこんで、ついに最後のひとしぼりまであまさずザーメンを撃ちつくした。

(……うん?)

矢崎は気づく。スマホに電話のコール音がしていた。

しかも、どうやら矢崎のスマホのようだ。くたびれたソファに放りだしたままだった鞄《かばん》の中から、その音はしている。

「アン、矢崎さん……ハアァン……」

「す、すみません……」

こんなときに、電話に出なくてもよいではないかと、つっこみを入れる自分がいた。

だが矢崎は、なぜだか心に不安がきざす。

それは、本能だったかもしれない。

美琴の膣から陰茎を引きぬくと、ベッドの上を移動して足もとのソファに向かった。

四つんばいになって手を伸ばし、バッグをとる。

中から急いでスマホを取りだせば、画面には杏奈の名前があった。

（杏奈ちゃん……？）

「もしもし」

いやな予感にかられながら、矢崎は電話に出た。

――おじさん、うえっ。

お父さん、とは呼ばれなかった。

電話の向こうの杏奈は、泣きじゃくっている。

「どうしたの」

とまどいながら、矢崎は杏奈に聞いた。射精を終えたあともビンビンだった陰茎が一気にしおしおとしおれていく。

――おじさん、私……えぐっ……私……とんでもないことを……。

「えっ」

嗚咽しながら杏奈は言った。

なにごとかと気づいたらしい。ようやく美琴が眉をひそめて起きあがった。

第五章　世にも可憐な痴女

1

「きゃああ、やめて……やめてください、廉さん……！」

「はぁはぁ……花ちゃん、愛してる……愛してるんだ」

「だめ。いやです。いや。あああ……」

花は必死になって抵抗した。力のかぎり身をよじり、四肢をばたつかせて廉を押しのけようとする。

しかし、力の差はいかんともしがたかった。本気になった男の力に、悔しいが、かなうはずもない。

「花ちゃん」

「んむぐぅ……いやあ……」

どんなにいやがっても、廉はいつもとは別人のように横暴だ。顔をふる花を強引に自分に向けさせ、無理やり口を押しつけてくる。

しかも――。

「ああ、花ちゃん、俺、もう我慢できない」

「んむぐうぅン」

熱っぽいしぐさで、おっぱいを鷲づかみにされた。せつない力に満ちた廉の指が乳房に食いこみ、ぐにゅり、ぐにゅりとせりあげる。

「や、やめてください、廉さん……んっんっ……お、お願い……むはぁ……」

「愛してる、花ちゃん。ねえ、俺つらいよ……んっんっ……お願い、気持ち、わかって……んっ……」

「いやあ……」

廉はグイグイと口を押しつけ、もの狂おしい接吻をしかけた。同時に乳を揉みこねられ、嫌悪する意志とは裏腹に、乳から甘い感覚が湧く。

だがそれは、義父との行為で感じられたものとはレベルが違った。

(お父さん、助けて)

花は心で悲鳴をあげた。

悄然《しょうぜん》とうなだれる義父の顔が頭の中によみがえる。

杏奈に抱きつかれ、花を威嚇する彼女を持てあまし、あの夜義父は、それまで花に見せたこともないような絶望的な表情を見せたのだった。

(杏奈ちゃん)

つづいて脳裏に再来したのは、つい先ほどの杏奈の表情。杏奈は引きつった、血の気のない顔で花を見て、逃げるように飛びだしていった。

ここは、廉の家である。

訪ねたときはすでにとっぷりと陽が暮れていたが、中に入ればかなり古い家だということは一目瞭然であった。

しかも、男ふたり暮らしのわびしさは、雑然とした室内を見ればいやでもわかった。壁や床、天井にこびりついたかのような異臭も、わびしさを増幅させている。

花は今、じっとりとカーペットの湿った居間の床に押したおされ、廉に覆いかぶさられていた。

廉はその目を血走らせ、暴れる花に息を乱して体重を乗せていた。

――もう一度だけ、話がしたいって廉くんが言っているの。私もいっしょに行くからさ、もう一回だけ、彼の願いをかなえてあげてくれないかな。そのあと、私もちょっと花ちゃんと話したいことがあるし。

花は杏奈にそう言われ、しかたなくここまで来たのであった。

杏奈がいっしょならという安心感もあったし、あとで杏奈と話せるならという思惑《おもわく》もあった。

あの夜以来、何度連絡をしても、杏奈からは完璧に無視された。

そんな杏奈がようやく自分から声をかけてきてくれたのだ。一度しっかりと話をしなくてはと思っていた花が、乗らないわけがなかった。

ところが、花をここまで案内した杏奈は、廉がいきなり花に抱きつくや、思いがけない行動に出た。

廉を止めてくれないどころか、花の助けをこばむかのように、制服のスカートの裾をひるがえした。

自分の名を呼ぶ花の声を背中で聞きながら、脱兎《だっと》のごとく家を飛びだしてしまったのだ。最初から、こうするつもりだったのだとわかったときはあとの祭りだった。

今のこの状況が、廉の望んだものなのか、杏奈にけしかけられたすえのものなのか、花にはわからない。だが、ひとつだけわかることがある。杏奈はもう花のことなど本当に、友だちだなどとはつゆとも思っていないのだろう。

「花ちゃん」

「きゃあああ」

廉は声をうわずらせ、花の制服のスカートをまくりあげた。伸ばした指を荒々しく、少女の股間に押しつけてくる。

パンティ越しに、スリッとクリ豆をさわられたとたん、たまらず花は悲鳴を跳ねあげた。

自分でも意外なほどの嫌悪感が、臓腑の奥からあふれだしてくる。

やはり、義父に抱きすくめられたときと全然違った。

(お父さん、助けて。お父さん)

あの夜。

自分の身体が信じられないほど過敏になり、いとしい義父になにをされても、自分の身体ではないかのように反応してしまったできごとが、鮮明に脳裏に去来する。

恥ずかしかった。

十七歳になったばかりの肉体が、あそこまでいやらしく感じてしまうことに自分でも驚いたし、正直恥じらいととまどいがまさった。

しかし、やはり自分はたまらなく幸せだったのだと今だからこそよくわかる。

こんなイケメンの青年にキスをされたり、おっぱいをさわられたりしているのに、そこまで感じないばかりか、気持ちの悪ささえおぼえてしまう。

「花ちゃん、ねえ、俺の気持ち、わかって。好きなんだ。最初に見たときから」

「ああ、いや、やめて、廉さん。いやです、いや」

「ぜ、絶対好きにならせてみせる。花ちゃん、俺これでも、いろんな女の子に人気あるんだよ」

「ああ、やめて。いやです。いやあああ」

もしかしたら、自分が暴れれば暴れるほど、よけい興奮させたり、意固地にさせたりしてしまうのだろうか。

右へ左へと身体をよじってあらがっても、廉はその指を花の股間から放そうとせず、いやらしい手つきで揉みこねながら、さらに唇を求めてくる。

「んむうぅ、い、いやあ……」

（お父さん、助けて。お父さああん）

ギュッと口をつぐみ、強く目を閉じた。しかし廉は舌を挿しこみ、歯と歯の間にまでそれをもぐらせようとする。

「いや。いやあ。んんグゥ……」

「花ちゃん、そんなこと言わないで。お願い、ひとつになりたい」

「いや。いやあ……」

花はいやいやとかぶりをふり、さらに強く目を閉じ、奥歯を嚙みしめた。閉じた瞼の間からにじみだしたのは涙だろうか。熱いものが瞼から両目のわきへと勢いよく流れていく。

なにがあろうと、口の中になど舌を挿しこまれてはならない。花はいちだんと強く奥歯を嚙みしめ、廉の求めをこばもうとした。

ところが――。

「ああ、花ちゃん」

「きゃあああ」

廉は不意打ちのように、花のパンティを脱がそうとする。

少女の股間に両手を伸ばし、純白の下着に指をかけると、問答無用のはやわざでずり下ろす。

「いやああ」

「ああ、すごいマ×毛。は、花ちゃん、こんなにかわいい顔をして、ここはこんなにモジャモジャって……」

「そ、そんなこと言わないで。ああ、いや。いやあ……」

花は自分の無力感に暗澹たる思いになる。

どんなに必死に脚をばたつかせて抵抗しても、血気にはやった廉にとっては、ものの数ではないようだ。

暴れる少女の脚からパンティを完全にむしりとる。

「きゃあああ」

逃げようとする花を強引に押さえつけ、はいていたジャージのズボンを下着ごと脱いで、無理やりひとつにつながろうとする。

「ああ、花ちゃん、花ちゃん」

「いやあ。いやあああ」

犯されてしまう――花は絶望をおぼえた。

はじめてなのに。

十七歳の誕生日を迎えたあの夜。義父にもらってほしいと甘酸っぱく、胸を締めつけられるような思いで願ったはずなのに。

愛の感情などかけらもない、知りあったばかりの青年に、たいせつなものを奪われてしまう。

（そんなのいや）

この人に貞操を奪われてしまったら、もう生きていくことはできない。たいせつな義父にもらってもらえる身体など、もはやどこにもなくなってしまう。

「ああ、花ちゃん、挿れさせて。お願い。大事にするから。はぁはぁ」

「やめて。やめて。いやあ」

（お母さん）

懸命に身をよじって抵抗しながら、心で亡き母を思い浮かべた。

バチが当たったのかな。お母さんのたいせつだった人、私がもらってもいいよねなんて思ったから、天罰が下ったのかな――そんなことをぼんやりと思う。

（そこに行く。そこに行ってあやまる）

義父に抱きしめてもらえない身体になるなら、母のもとに行きたい。

二択ではない。

一択だ。

（お父さん）

屈託のない笑顔を見せる義父を脳裏に思い浮かべた。

この世を去るとするのなら、せめて義父を思いながら逝きたい。

(好きだよう)

廉はもう、少女の口を吸おうとはしていなかった。いきり勃つ肉棒を花の聖なる園に挿入したいと、ただそればかりに躍起になっている。

花は口を開けた。舌を飛びださせる。ギュッと目を閉じ、義父の笑顔に胸を締めつけられながら、思いきり舌をかみ切ろうとした。

(好きだよう)

「てめえ、なにしてるっ!」

(えっ)

そのときだった。

すさまじい怒りの塊がいきなり部屋に飛びこんできた。

花はギョッとして目を開ける。

「──あっ」

「ぶっほおおおっ!」

花の上から、ひとたまりもなく廉が引きはがされた。拳で頬をえぐられて、ボロ雑巾さながらに部屋の隅へと吹っ飛んでいく。

鬼神のような形相でにぎり拳をふるわせているのは義父である。

「お父さん」

「この野郎」

別人のようだった。矢崎は赤黒く顔を火照らせ、見開いた両目を血走らせて、たおれた簾に躍りかかろうとする。

「矢崎さん、落ちつきましょう」

「あっ……せ、先生」

花はようやく気づく。

なぜだか部屋には、副担任の美琴まで飛びこんできていた。美琴は矢崎に背中から飛びかかると、怒りに身をまかせる彼を懸命に止めようとする。

「先生、放してください」

「落ちつきましょう。暴力はやめましょう。落ちついて、矢崎さん」

（どういうこと）

花はフリーズした。どうしてこんなことになっているのだ。まったくわけがわからない。

しかし、それどころではないのも事実だ。

乱れたスカートをあわてて、もとに戻した。はじかれたように起きあがり、床に落ちた小さなパンティに手を伸ばす。

「はうう……」

廉の家の一階には、押したおされた居間と、雑然とした台所があった。花は本能的に、玄関のほうへと駆けだした。

「あっ……」

「花ちゃん」

居間を飛びだし、玄関に向かった。

すると三和土に、目を真っ赤に泣きはらした杏奈がいた。しかもその両目からは、なおもボロボロと大粒の涙があふれている。

「ああ……杏奈ちゃん……」

「ごめんね。花ちゃん、ごめんね。ごめんね。あーん」

杏奈はうわずった泣き声で言うと、三和土に泣きくずれた。声をかぎりに号泣し、冷たい床に何度も頭をたたきつける。

「だ、だめ」

花はあわてて廊下から飛びおりた。三和土の床に頭をたたきつける杏奈を抱きおこし、渾身《こんしん》の力で抱きすくめる。

杏奈はさらに号泣した。

花の白い指から、純白のパンティがはらりと落ちた。

2

「やれやれ……」

闇の中に煌々《こうこう》と光る自動販売機が、ガシャリと音を立てて商品を吐きだした。

美琴は身をかがめ、受取口から冷たい緑茶を取りだす。

キャップを開け、ボトルに口をつけた。ひと口飲むつもりが、一気にぐびぐびと三分の一ほど飲んでしまう。

「ふう」

ようやくひと息つき、口もとをぬぐった。息をととのえ、夜空をあおぎ、何度も大きく呼吸をする。

「うまくいくかしらね……」

もれだすひとり言には、思わず案ずるひびきがにじんだ。眉をひそめ、唇をかみ、ふた組のカップルに思いをはせる。

矢崎と花は、タクシーに乗せて家に帰した。

最初は気丈にふるまっていた花だったが、矢崎が涙目で駆けよると、火がついたように泣きだし、義理の父の胸に飛びこんだ。

たぶんこれから、ふたりはセックスをするだろう。それはもう、死ぬほどネチネチといやらしい、他人が見るのもはばかられるほど激しいセックスを。

そして、間違いなく相思相愛になるはずだ。その先に待っている未来が、たとえイバラの道であろうと。

ふたりを止められるものは、もうどこにもない。

「でもって……あのふたり……」

今度は杏奈と廉を思う。

自分がしてしまったことにあらためて罪の意識を感じ、廉はがっくりとカーペットの上で肩を落とした。

矢崎と花に、とにかくあとはまかせてと言って帰るよううながすと、美琴は泣きじゃくる杏奈を抱きおこした。

——抱きしめてあげなさい。

杏奈にささやき、うながした。

夜の街であわただしく待ちあわせ、泣きながら矢崎と美琴を廉の家まで案内する杏奈の横顔を見るうちに、美琴はこの事件の構図を苦もなく理解した。

教師だからでは、たぶんない。

自分もまた、ひとりの女だからであろう。

抱きしめてあげなさいと水を向けると、驚いたように杏奈は美琴を見た。

そのふたつの目からは、壊れてしまったかのように、まだなお涙がボロボロとあふれつづけていた。

——抱きしめてあげるの。そして、あなたがそばにいてあげなさい。いいわね。

高校一年生の少女にするべきアドバイスではなかったかもしれない。

少なくとも、教師としては失格だろう。

だが、目の前には激しく傷つき、出口を求めるふたりの若者がいた。

ちょっとだけ人生の先輩である自分がしてやれるのは、そんなアドバイスだけだった。

そっと背中を押してやると、杏奈は泣きながら廉に駆けより、憔悴《しょうすい》した彼を力いっぱい抱きすくめた。

それでようやく、青年も察したようだ。ふたりはいっしょになって、慟哭《どうこく》の声をひびかせあった。

「なんなのかしらね、私は」

ひとりだけあまった女教師は、自虐的に言ってため息をつく。またもぐびぐびと緑茶を飲み、ため息をついて考えこむ。

「……うん？」

違和感を覚えた。ふと見ると一匹の野良犬が、自販機の明かりを浴びてじっとこちらを見つめている。

「…………」

「…………」

「…………」

「…………」

「ワンッ！」

「キャイーン……」

飛びかかるような動作とともに、美琴は思いきり吠《ほ》えた。

野良犬はあわててくるりとまわり、光りの速さかと思う速度で逃げていく。

「あはは……」

美琴はそんな野良犬を見送り、しばらくじっと考えにふけった。

「……ふう」

やがて、バッグからスマホを取りだす。

なおもしばらく躊躇《ちゅうちょ》した。

しかし、意を決したように姿勢を正す。

画面を操作した。スマホを耳に押しあてる。鼓膜に電話のコール音がひびいた。

——もしもし……。

「……まだ生きてたの」

——美琴……？

「遅くなったけど、お誕生日おめでとう」

——えっ……。

電話の向こうで、その人は息を呑んだ。

ふたりはしばらく言葉もなく、じっと黙ったままになる。

——なにかあったの。

ふたたび美琴の耳に、その人の声がとどいた。

声はふるえて、泣いている。

「別に、なにもないけど」

美琴は緑茶を飲んで言う。浴びるように飲んだというのに、またビールが飲みたくなっていた。

──どうしたの。どうして電話なんかくれるの。

電話の向こうで、その人は泣いた。

──おか……わ、私……心の準備、全然できてなくて。

美琴は自販機の横にしゃがみこんだ。

──先生になったんだって。

「向いてないから辞めようと思ってるけど」

──やっぱりなにかあったんでしょ。

「冗談よ。せっかくなれたのに、誰が辞めますかって言うの」

──元気にしてたの。

電話の向こうでその人はむせび泣いた。

まったく今夜はなんという夜だろう。ことごとく誰もが泣いている。

「元気よ……お母さんは？」

久しぶりに、その人をそう呼んだ。

電話の向こうで泣きくずれるのがわかった。

——美琴。

「なに」

——美琴。

「なに」

泣きながら、その人は彼女の名を呼んだ。

何度も、何度も。

美琴は答えた。

何度も、何度も。

見あげれば、なぜだか今夜は、やけに星がきれいだった。

3

「お父さん、お父さん、んああっ……」

「花……んっんっ……」

……ピチャピチャ、ちゅう。

青い闇の中に生々しい粘着音がひびく。

矢崎家の二階。夫婦の寝室。

矢崎はそこに、はじめて愛娘を入れた。少女が、そこでと乞うたからだ。お父さんさえいいのならと、遠慮しながらも花は願った。

かつては妻と愛しあったベッドに、仲よく横たわった。

花は高校の制服姿だ。白いブラウスに紺のベスト。胸もとでは、ワインレッドのリボンが揺れている。

グレーのスカートからは、健康的な美脚が投げだされている。

「あん、お父さん、あっあっ……」

「はぁはぁ……感じるかい、花……」

とろけるような長いキスをようやく終え、矢崎は少女から口を放した。ふたりの間にねっとりと粘つく唾液の橋が架かる。

「あっはぁ、お父さん……んあっ、は、恥ずかしい……ハアァン……」

矢崎に乳をもにゅもにゅと揉まれ、花は鼻にかかった甘い声をあげた。

闇の中で、花の双眸《そうぼう》が艶めかしく光る。

先ほどまでは涙色の濡れかただったが、おそらく今は、涙とは別の潤みも混じりだしているはずだ。

「花……お父さんなんかで、ほんとにいいのか」

スラックスの中の一物は、すでにバッキンバキンになっていた。

数時間前、美琴の膣内に中出し射精をしたばかり。

それなのに、矢崎のペニスは三カ月もの長きにわたって禁欲を強いられつづけでもしたかのような勃起ぶりを見せている。

制服姿で横たわる美少女を見るだけで息苦しさが増した。ドキドキと心臓が激しく脈打ち、胸から全身に何度も炭酸水のような激情が染みわたる。

それもこれも、花があまりに魅力的だからだ。

もう矢崎は、この娘を自分のものにしないではいられない。だがそれを、花の同意なしにしてはならなかった。

許してもらわなければならない。

もっとも、まだ花には話していない新たな秘密までできてしまったがと、先ほどまでの美琴とのまぐわいを矢崎は思いだす。

「お父さんがいいの。お父さんじゃなきゃいやなの」

するとは花は、ふたたびその目を涙でいっぱいにしながら言う。駄々っ子さながらに、伸びやかな肢体を揺すってみせる。

「花……」

「お父さんが好き。お父さんのお嫁さんになりたい」

「いや、それは――」

「わかってる。言われなくてもわかってる」

花は自分から矢崎にしがみついた。熱くて甘い花の吐息を、矢崎は自分の首すじに感じる。

「ほかの人と結婚なんてしない。私、ずっとお父さんのそばにいる」

「いや、花……」

「お父さんのものにして。十七歳の私をもらって。まだ子供だけど、がんばって大人になったよう」

「ああ、花……花っ！」

「あああ」

もうだめだと、矢崎は思った。世界でいちばんかわいい女にこんなことを言われて、獣にならなければ男ではない。

「あン、お父さん！……あああ……」

万歳をさせ、紺のベストを脱がせた。リボンもとる。スカートの中からブラウスの裾を抜き、ふるえる指でボタンをはずす。

「おお、花……」

はらりとはだけたブラウスから露になったのは、きめ細やかな白い美肌。たわわに盛りあがるGカップおっぱいを包んでいるのは、地味なのが逆にセクシーな、なんのてらいもない純白のブラジャーだ。

「はあァン、お父さん、ああァン」

「はぁはぁ……花……花……」

「うあああ。ああああああ」

カップの縁に指をかけ、鎖骨のほうにペルッとあげた。ブルンとふるえて露出した乳房は、今夜もまたできたてのプリンを思わせる柔和さだ。

それをふたつともつかんでもにゅもにゅとせりあげ、揉みこねた。すると花は、もうそれだけで、一気に官能のボルテージをあげる。

「お父さん、お父さん」

「どうした、花」

「あのね。あのね。あっあっあっ」

「どうした。んん？」

「あああ。ああああああ」

乳を揉みながら、スリスリと指で乳首をころがせば、淫らなあえぎ声はさらに切迫感を増した。

乳首を擦りたおすたび、ビクビクと派手に身体を痙攣させる。黒髪を艶めかしく波打たせ、右へ左へと顔をふる。

「お父さん、あのね、私……嫌われちゃうかも。あっあっ。あああああ」

はぷんと片房の頂にかぶりつけば、花はますますすごい声をあげ、うぅうぅ、とうめいて、白い首すじを引きつらせる。

「どうして嫌われるなんて思うんだい。んっんっ……」

……ちゅうちゅぱ。ちゅうちゅう。

「あああ。いや、恥ずかしい。だって……だって……」

……ちゅうちゅうちゅう。れろれろれろ。

「うあああ。も、もうこんなに感じちゃってる。おかしいよね。こんなに感じるなんて、エッチすぎるよね。ああ、だめ。うああ。ああああ」

「いいんだ、いっぱい感じて、花。お母さんもこうだった。恥ずかしがらないで。お母さんみたいにいっぱい感じて」

「お母さんのことは言わないで。あっあっ、ああああ」

花は艶めかしくよがりながらも、義父に言った。

「私を見て……がんばるから……あっあっあっ、うああ。私、がんばるから」

「花……」

「私を見てよう。私、お父さんしか見えないよう。いいんだよね、エッチな子でもいいんだよね。嫌いにならないでね。お父さん、お父さん」

「き、嫌いになんてなるもんか。んっ……」

「あああああ」

仰臥《ぎょうが》する花に覆いかぶさり、両手で乳を揉んでいた。

スカートはすでにまくれあがり、もっちりした太腿はおろか、パンティに包まれた股間までもが露になっている。

矢崎は自分がエレクトしていることをアピールするように、スラックス越しに股間の勃起を美少女のワレメに押しつけた。

それだけで、花はますます我を忘れる。強い電気でも流されたかのように激しく身体を痙攣させた。背すじを浮かせ、身体をのたうたせ、恥部に亀頭を擦りつけられる品のない快感に、日ごろのつましさも清楚さも、全部を捨ててよがりわめく。

「ああ、お父さん、ああ、なにこれなにこれ。あああああ」

「わ、わかるか、花。お父さん、もうこんなだよ。なあ、おまえがかわいくてこんなだよ」

……グリグリ。スリスリスリッ。

「うああ。お父さん、お父さあああん、ああ、いや。困る。困る困る。うあああああ」

「えっ……」

矢崎は目を見開いた。股間に温かな違和感をおぼえる。まさかと思ってそちらに感覚を集中すれば——。

(お、おしっこ)

「ああ、恥ずかしい。お父さん、嫌いにならないで。あああああ」

「は、花、おまえみたいな真面目な子が、またおしっこを漏らしちゃったのか」

恥をかかせるつもりなど毛頭なかった。

だが心からの感激を言葉にしてから、自分の言葉が結果的には、愛娘に恥辱の痛苦をもたらすもの以外のなにものでもないことに気づく。

「ああ、言わないで。自分でもわからないよう。あの人にエッチなことされても全然こんなふうにならなかった。それなのに、お父さんにされると変になっちゃう。嘘じゃないよう」

「ああ、花……」

「あああ。ああ、困る。しっこが。しっこが。あああああ」

……じょわわわわあ。

なおもグリグリと亀頭でワレメを圧迫すれば、今度はたしかな音を立て、美少女の恥肉は生ぬるい小便を噴きだした。

矢崎は股間のさらに広範囲に、ぐっしょりとした小便のぬくみをたしかに感じる。

DNA。

まさに、これは亡き妻の遺伝子だった。明里はこの世に間違いなく、自分の遺伝子を遺していった。

清楚な美女なのにとんでもない痴女という、魅惑のDNAを。

そして、こんななんの取り柄もない平凡な男でも、ここまで痴女になって好いてくれようとする、もったいないほどうれしい奇跡のＤＮＡを。

「おお、花」

「ああぁんッ……」

矢崎は身体を起こし、乱れた花のスカートを完全にまくりあげた。さらされた花のパンティと股間は、ぐっしょりと小便のせいで濡れている。

鼻をツンとつく濃厚なアンモニア臭が、生ぬるい湿気とともに矢崎の顔面をふわりと撫でた。

濡れた下着はピタリと媚肉に吸いついて、その向こうの卑猥な光景を惜しげもなく透かせていた。

煽情的なその眺めは、たとえるならねっとりとぬめる生牡蠣《なまがき》に、濡れた白い生地を押しつけたよう。

そのうえ生牡蠣の周囲は、びっしりと生えた黒い毛が囲み、モジャモジャ感も半端ではない。

「はぁはぁ……はぁはぁはぁ……」

「ああ、恥ずかしい。んああっ……」

矢崎は息を荒くして、花のパンティを股間からずり下ろした。

濡れたパンティはそのぶん重みを増し、こよりのようにまるまっても、スルスルとは脱がせられない。

太腿に引っかかり、ふくらはぎに引っかかった。矢崎はふくらはぎに小便を塗りたくったりしながら　ようやく細い足首から抜く。

「い、痛く、させてしまうかも……」

矢崎は、あっという間に着ているものを脱ぎすて、全裸になった。

臆面もなく反りかえる義父のペニスをチラッと見て、花は驚いたようにあらぬ方を向く。

「い、いいか？　痛いかも、だよ……」

申しわけない気持ちが高まり、遠慮がちな声音で矢崎は言った。しかし花は意を決したように唇を嚙み、眉を八の字にして矢崎を見あげる。

「へ、平気。だってお父さんだもん。私　お父さんに抱かれて、いつまでも痛いはずないもん」

「花……」

「大人にして」

ブラウスをはだけられて乳を出していた。

まくられたスカートからは、小便と愛液に濡れた剛毛淫肉をまるだしにして、花はかわいく、矢崎に向かって両手を広げる。

楚々とした十七歳の美貌には、恥じらいとおそれとともに、ふるえがくるほどのセクシーな色香もあふれだしていた。

「お、おお。花……花っ！」

「ハァン……」

矢崎はたまらず、いとしい美少女にのしかかった。

矢崎の胸板でおっぱいがつぶれ、勃起した乳首が炭火のような熱さとともに、彼の胸に食いこんでくる。

「ごめんな。ちょっと痛くする……父親なのに……」

股間の勃起を手にとり、愛する娘の膣口に押しつけながら、矢崎は言った。花はうっとりと、とろけたようにその目を光らせ、そんな彼の首に腕をまわす。

「お父さんにしてもらいたいの。思い出、ちょうだい」

「花！」

かわいい言葉を耳にしただけで、暴発してしまいそうだった。矢崎は態勢をととのえ、ぬめる花の膣口にもう一度亀頭を押しつける。

いとおしそうに見つめてくる花の美貌を見返した。

(ごめん)

心の中であやまって、そっと股間を前に突きだす。

——ヌプッ。

「い、痛いッ……」

「あっ……」

花の身体に力みが入った。

矢崎の身体を強く抱き、首すじに小顔を押しつける。

「花……」

「へ、平気。痛くないから。ううん、痛くていいから!」

「けど……」

「挿れて。お願いだよう、お父さん。お願い。お願い」

「くぅ……」

矢崎の首すじに顔を埋め、彼に抱きついたまま花はねだった。矢崎は躊躇したものの、さらにそろそろと膣奥に怒張を埋めていく。

——ヌプッ。

「ああ、痛い……」

「ど、どうしよう」

「いいの。いいの」

「うぅ……」

——ヌプッ。ヌプヌプッ。

「あああ」

「花……」

「お父さん、お父さん」

やはり痛いのであろう。花の身体には力みが入ったままだった。

少女が今感じている痛苦を思えば、父親としては複雑なものがある。

(ごめんな、花)

矢崎はギュッと目を閉じ、心を鬼にして腰を進めた。

なんと狭隘な膣路。

なんといやらしいぬめり具合。

たった今まで未開の園だった粘膜地帯は、小便とは違うねっとりとした汁もいっぱいににじませていた。

4

「くぅぅ、花……」

「ハアァン、お父さん……」

ふたりは性器で深々とつながりあった。矢崎は股間を、グッショリと濡れた愛娘の股間に密着させる。

「い、痛いかい……？」

心配になり、花を見た。美少女はすでに、艶っぽく汗をかいている。濡れた髪がべっとりと額や頬に貼りついて、さらに髪の色を黒々と見せていた。

矢崎はそんな娘の髪を、壊れものでもさわるようにそっとかきあげる。

「平気だよ、お父さん」

花は愛らしくはにかんで、甘えた感じで抱きついた。矢崎の首すじに顔を埋め、何度もスリスリ、スリスリと可憐な美貌を擦りつける。

かわいかった。矢崎は父性本能を刺激される。

「花……動いて、いいのかな。お父さん、こうやってじっとしていても、すぐにも射精してしまいそうで――」

「いいよ」

花は矢崎の首すじに顔を埋めたまま声をふるわせて言った。同時にギュッと、さらに強く義父の身体を抱きすくめる。

「い、いっぱい動いて。私の身体で……気持ちよくなって」

「おお、花」

……ぐぢゅる。

「痛いッ」

「くぅ、花」

「いいの。痛くして。痛くして。お父さん、動いて」

いよいよ腰を使いだせば、反射的に花は身をすくめ、悲痛な声をあげた。

だが矢崎がひるむと、そんな彼をあおるように、いちだんと強く抱きついてくる。

駄々っ子のように、身を揺さぶる。

「花、ごめんな。ごめんな」

……ぬちょ。ぐちょ。

「ひうう」

「ごめんな、花……ああ、どうしよう。お父さん、気持ちいい！」

……ぐぢゅる。ぬぢゅる。

「はうう、痛い、痛い……お父さん……あっあっ……」

かわいい娘に痛みを強いているというのに、自分だけ快感をおぼえているだなんて、なんとひどい父親だろうと矢崎は思った。

だが、どんなに自分を責めたくても、そんなうしろめたさなどあざ笑うかのような快さが、猛《たけ》るペニスから湧きあがる。

花の胎肉は、慄然とするような狭さだった。まるで、挿れるべき穴を間違えてしまったのではないかと思うほどである。

そのうえ――。

（なんだこれ）

矢崎は目を見開き、息を呑んだ。信じられない快美感に、ゾクゾクと背すじを鳥肌が駆けあがる。

花の女陰は、ただ狭隘なだけではなかった。

これはもう、生き物だ。

これ自体が別の命を持つ独立した生物ででもあるかのように、花の牝洞は休むことなく蠕動し、矢崎の極太を緩急をつけて締めつける。

しかも美少女の淫肉は、奥の奥までねっとりとぬめっていた。

ほどよいぬくみに富み、愛のオイルも十分にある。そのうえ狭くて絶え間なく肉棒を揉みほぐす乙女の性器が、気持ちのよくないわけがない。

「うう、花、ごめんな、ごめんな」

……ぐちょ。ぬぢゅる。ぐちょ。

「うああ……あっあっ……ああ、お父さん……お父さん……うあああ」

「……花？」

申しわけなさをおぼえつつ、汗ばむ花を抱きかえし、前へうしろへと腰をしゃくる。

すると、早くも花に変化があった。

処女を散らされてまださほど経っていないというのに、膣奥深くまで矢崎がえぐれば、もれだす声には少しずつ、痛みとは別の感情がにじみだす。

「あうっ、あっ、ああ。うっあぁっ」

「花……平気か？」

心配になった矢崎は、花の顔を見ようとした。

「い、いや。恥ずかしい。顔、見ないで」

花は矢崎の視線をいやがり、右へ左へと顔をふる。

矢崎はハッとした。

そこにいたのは、ありし日の妻を思わせる淫らな獣。目を潤ませてとろんとなり、制御不能な悦びに引きずりこまれるようにして溺れだしたときの痴女の顔——。

「おお、花」

……ぐぢゅる。

「うああ。い、いや。いやいやいや。お父さん、顔見ないで。恥ずかしい」

「はぁはぁ……花。花」

……ぐちょ。ぬぢゅる。

「あああ。いやだって言ってるの。お願い、恥ずかしいから、顔——」

……ぐちょぐちょ。ぐぢゅる。

「あああああ」

(感じてきた)

いやがられればいやがられるほど、つい嗜虐《しぎゃく》的な痴情が増した。

矢崎は真綿で首を絞められるような息苦しさをおぼえつつ、花の美貌を凝視しながら、ねちっこい腰遣いで膣奥深くまで怒張をえぐりこむ。

そんな義父のいやらしい責めに、早くも花は痛がることを終え、急速に、と言ってもよい速さで淫乱さを開花させていく。

「うああ、ちょ……ああ、いや……お父さん、痛いよう。痛い……」

「嘘をついちゃだめだよ、花」

口にする言葉と肉体の本音に乖離《かいり》があるのは火を見るよりも明らかだ。

なおも表情を見せまいとする花の顔を追いかけた。

娘が顔をふる方角に自分も顔を突きだしながら、ぐちょり、ぬちょりと汁音を立て、子宮口へと亀頭をえぐりこむ。

「あああ。い、痛い。お父さん、痛い」

「痛くないだろう、花」

……ぐちょり。

「うあああああ」

(すごい声)

花は恥じらい、おびえていた。清楚な美貌を引きつらせ、顔を見られることを本気でいやがった。

だが、そうであるにもかかわらず――。

……ぬちょり、ぐぢゅ。

「ああああ。やめて。お父さん、やめて。私……私――」

「おお、花」

……ぐちょ。ぬぢゅる。

「うあああ。いやあ、なにこれ。なにこれえ。ああああ」

「はぁはぁ。はぁはぁはぁ」

矢崎は上体を起こし、花の両脚をすくいあげた。上品な美少女に、そのキャラクターとは相いれない大胆なガニ股の体位を強要する。

「うああ、お父さん」

「花……」

（血が出ている）

性器の結合部分に目を落とした矢崎は、感動を新たにした。

愛娘の淫肉は破瓜の鮮血をあふれさせ、悲愴とも言える眺めをかもしだしている。

その赤い血は、結合して抜き挿しされる陰茎にもべっとりとこびりつき、どす黒い矢崎の男根にも、濃厚な血がそこかしこに付着している。

まぎれもなく矢崎は、この娘の一生に一度のものをこの手で、いや、ペニスで奪いさったのだ。

しかし――。

「ああ、お父さん、あああああ」

「おお、花、感じてきたかい。感じてきたんだね」

下品なM字開脚を強要され、両脚を押さえつけられながらも、花は背すじをのけぞらせ、プルン、プルンとおっぱいを派手にはずませた。

唾液にまみれてぬめり光るふたつの乳首が、虚空にジグザグのラインを描く。左右に激しくかぶりをふる、花の顔はもう真っ赤だ。

「花、気持ちいいかい」

……ぐちょり。ぐちょり。ぐちょり。

「うあああああ。ああ、知らない。恥ずかしい、恥ずかしい。うあああああ」

矢崎の問いかけに、花はますます恥じらって、さらに激しくかぶりをふる。

その口は、あんぐりと大きく開かれていた。

つつましやかな美貌がくずれてしまうこともいとわず、こみあげる淫らな激情に、まるごとその身をゆだねている。

惜しげもなくさらされた口の粘膜は、まるでもうひとつの膣のようだ。

そして、こちらの膣では艶めかしく開いた喉の穴で、ぬめぬめした喉チンコがピンク色を見せつけて揺れている。

「うああ、お父さん、どうしよう、お父さん、あああああ」

破瓜の血をあふれさせ、喉チンコまでさらしながら獣になる我が娘に、矢崎は感激した。胸を締めつけられる思いにかられながら、なおもズンズンと腰を突きだし、怒張で牝肉を蹂躙《じゅうりん》すれば――。

「あああああ。あああああ」

(もしかして、イキそうか?)

花の反応は、さらにエスカレートした。

切迫した様子で、パニックぎみにその身をのたうたせ、薄桃色に火照った肌からさらなる汗を噴きださせる。

「花……」

「お父さん、ああ、なにこれ。いやだ、私の身体おかしいよう。あああああ」

「くぅぅ……」

やはり、早くも達しそうだと矢崎は察した。

処女を失ったばかりなのに、世にも可憐なこの痴女は、母親から受けついだ熱くていやらしい血を沸騰させる。

　ならばこちらは、思いきり高みへと突きぬけさせてやるだけだ。フンフンと鼻息を荒くして、矢崎は乙女の膣奥へと陰茎をくり返しえぐりこむ。

「うああ。あああああ。ああ、どうしよう、お父さん。身体が変だよう。変だよう。うあああああ」

「気持ちいいのかい、花。そうなんだね」

「違う。違う。そうじゃな――」

「嘘はだめだよ。そらそらそら」

　矢崎は顔を火照らせて、さらに怒濤の勢いでぬぽぬぽと子宮に亀頭を埋めた。

「うあああ。あああああ」

「気持ちいいんだろう、花。お父さんのち×ちん、気持ちいいんだね」

「……グチョグチョグチョ！　ヌチョヌチョヌチョ！

「あああ。違う。違う違ああああああ気持ちいいィン、お父さん、お父さん、お父さん、気持ちいいようああああああ」

「おお、花！」

　とうとう花は、はしたない快感を言葉にしてほとばしらせた。矢崎は万感の思いで腰をしゃくり、膣ヒダにヌラヌラとカリ首を擦りつける。

「ヒイィン。お父さん、なにこれ。なにこれなにこれええ」

「おお。花、花！」

「イッちゃう。イッちゃうイッちゃうイッちゃうイッちゃう。見ないでええええあああああっ！」

……ビクン、ビクン。

「おおお。花……」

「はうぅ……」

ついに花は絶頂に突きぬけた。強い電気でも浴びたかのようにその身をバウンドさせ、おそらく生涯初だろうアクメの電撃に打ちふるえる。

そんな激しい動きのせいで、膣からちゅぽんと男根が抜けた。ししおどしのようにしなるペニスから、愛蜜と鮮血の混じりあった、淫靡な汁が飛び散った。

「花……」

「み、見ないで……違うの。お父さん、あのね……あのね……はうぅ……」

自分が感じやすい体質であることは、すでに申告ずみのはずだった。それでもやはり恥ずかしいのが、乙女心というものだろう。

「はうう。い、いや……はうう……」

花は右へ左へと身をよじり、絶頂の痙攣をくり返す。

彼女が失禁をしたせいで、ベッドは惨憺《さんたん》たる眺めになっていた。グッショリとマットに小便が染みこんで、大きなシミができている。

そんなベッドをギシギシときしませ、花は恍惚に酔いしれた。

5

「花……」

「あぁァン、お父さん、ごめんね。しっこ、冷たくなってきた……ああ……」

花のアクメが一段落すると、矢崎は娘の身体から着ているものをやさしく脱がせた。

制服姿の十七歳を自由にすることも幸せだったが、やはり最後は裸と裸で、互いの激情をぶつけあいたい。

（やっぱりすごい）

ブラウスとブラジャー、スカートにソックスまでむしりとれば、ベッドの上にはみずみずしい思春期ざかりの裸身が露になった。

まだ発育途上とはいいながら、日ごと強くなるムチムチ感は、こうして見るとやはり半端ではない。

おっぱいもお尻も迫力たっぷりに盛りあがった。

そのくせ、この年齢の少女にしかかもしだせない、鮮烈なフレッシュさもまぶしいほどに見せつける。

ピチピチした美肌からは、今この瞬間も成長をつづける健康的なフェロモンが、湯気のようにあふれだす。

「あン、お父さん、ハアァン……」

そんな花をエスコートし、四つんばいの体勢にさせた。義父にみちびかれるまま、背後に尻を突きだす美少女は鳥肌が立つほどエロチックだ。

「くぅ、花……お父さん、もうたまらないよ！」

声をふるわせて言った言葉は、世辞でもなんでもなかった。

矢崎に向かって、巨大な水蜜桃のようなヒップをさらす花に、衝きあげられるほどの昂りをおぼえる。

胸もとからは、ぶらりと巨乳が伸びていた。

だがやはり若さのせいだろう、重みに負けて伸張しすぎるでもなく、ほどよい伸びかたで、淫靡なまるみをキープしている。

バレーボールを並べたような臀肉の狭間《はざま》には、艶めかしい肛門がバッチリと見えた。

花は肛門までピンク色だ。ここは妻と違った。

いや、なんでも明里と比べるのは、もうやめにしようと矢崎は思う。それが花の願いだったし、自分も変わらなくてはならないのだ。

「んああ、お父さん……」

「おお、花っ！　くぅう……」

——ヌプッ！

「ああああ」

——ヌプヌプヌプヌプッ！

「うあああ。ああああああ」

「おおお……」

二度目のまぐわいは獣の体位でだった。

矢崎は愛娘をバックからつらぬき、ふたたび心地いい牝肉のとろみへと陰茎を埋没させる。

しかも、卑猥なぬめり肉はただぬかるんでいるだけではなかった。

「ああ、お父さん　もうだめ。ごめんなさい。うああああ」

……しゅるしゅるしゅる。

「おおお。花……」

矢崎は圧倒される。

小ぶりな花の牝穴は、まる呑みするには難のある矢崎の巨根をまたしても受け入れた。そのため肉穴がまんまるに広がり、入口の皮をミチミチと、今にも裂けそうなほど突っぱらせている。

そんなピンクの肉皮とどす黒い陰茎の間から、間歇泉《かんけつせん》さながらに、新たな小便が噴きだした。

噴霧器で、霧でもまいたような一撃のあと、ピューピューとあちらこちらから、黄色い小水が、いやらしくあたりに飛びちる。

「くぅ。花、おまえ、またおしっこをしちゃったのかい」

噴出する小便を下腹と太腿にビチャビチャと浴びながら、恍惚として矢崎は聞いた。

排尿しながらも蠢動《しゅんどう》をやめない淫肉に揉みほぐされ、パンパンに張りつめた男根が不随意に甘酸っぱいうずきを放つ。

「うああ、ごめんね。こんな娘でごめんね。でも、自分でもわからない。しっこ、出ちゃうの。お父さんのち×ちんを感じると……」

「花……」

「しっこ、出ちゃう。恥ずかしいよう。お願い、嫌いにならないで。うぅぅ」

「おお。花！」

……バッン、バッン。

「うあああ。お父さん、お父さああん、あああああ」

矢崎のペニスが気持ちいいから放尿をこらえきれなくなってしまうのだという花に、ゆがんだ父性本能が紅蓮の炎をあげた。

たくましく張りつめたフレッシュな尻肉に指を埋める。

矢崎は年がいもない雄々しさで、カクカクと腰を前後にふっては、うずく肉傘をぬめるヒダ肉に擦りつける。

「あああ。お父さん、いやン、どうしよう。あああああ」

（ああ、気持ちいい）

美少女の裸体を前へうしろへと揺さぶりつつ、湿ったヒップにバンバンと股間をたたきつけた。そのたび亀頭が子宮に突きささり、腰を引くたびカリ首が、膣ヒダの凹凸と擦れあう。

せつないっぱいの快さが、火花のようにまたたいた。ひと抜きごと、ひと挿しごとにじわじわと、こらえがたい爆発衝動が膨張をはじめる。

「うああ、お父さん、なにこれ。奥が変だよう。奥が、奥が、あああああ」

どうやら早くも、美少女はポルチオ性感帯に目ざめたようだ。奥まで極太を沈めるたび、感きわまったよがり声をあげる。

花はとうとう、腕など突っぱらせていられなくなった。腕を投げだし、ベッドに顔を押しつけて、尻だけを高々と突きあげて犯される。

「気持ちいいかい、花」

「うああ。奥。お父さん、奥が、奥が、あああああ」

子宮をもっとほじってやろうと、さらにペニスを深々と突きさし、グリグリと亀頭で粘る肉の餅をかきまわす。

「あああ。あああああ。お父さん、お父さん、なにこれ、あああああ」

「気持ちいいかい、花。いいんだよ、正直に言って」

……グリグリ。グリグリグリッ。

「うあああ。お父さん、ああ、すごいよう。すごいよう。うあああああ」

「気持ちいいかい。んん？」

「あああ。うあああああ」

「花……」

「き、気持ちいい。お父さん、私気持ちいい。もっとして。もっとして。あああああ」

「こうかい、花。ねえ、こう？」

自ら快感を訴える美少女に、矢崎は興奮した。汗ばむヒップをさらにつかみ、渾身の力で膣の奥を肉スリコギでかきまわす。

「うあああ。気持ちいい。気持ちいいよう。もうだめ。またイッちゃうンン！」

「おお、花っ！」

——パンパンパン！　パンパンパンパンパンパン！

「あああああ。あああああ」

「ああ、お、おしっこ、すごい。気持ちいいんだね、花。そらそらそらっ」

クライマックスに向け、疾風怒濤の腰ふりをくり広げた。

ケダモノそのもののピストンマシーンと化し、狂ったような連打連打で、花のポルチオを亀頭でたたく。そのたびブシュリ、ブシュブシュと、しぶきをあげて小便が、性器の隙間から噴きだしてくる。

「あああ。気持ちいい、気持ちいい、お父ざん、私おがぐじなるおがじぐなるああああああ」

「花……」

いよいよ花は狂いはじめた。清楚な乙女とも思えない気が違ったような声を張りあげ、濡れた黒髪をふり乱し、さらに高々と尻をあげる。

矢崎の勢いが常軌を逸しはじめたせいもあったろう。花はとうとう膝まで浮かせ、義父の突きを受けとめる。

「ヒイィ。ンッヒイィィ」

矢崎が股間をぶつけるたび、ヒクン、ヒクンと尻を跳ねあげた。伸ばした両手のかわいい爪で、ガリガリと布団をかきむしる。

(もうだめだ)

とろけるような恍惚感に身も心もむしばまれながら、矢崎は性器を擦りあわせた。

亀頭がジンジンとうずきを増し、射精へのカウントダウンを開始する。

「あああ。ぎもじいいようぎもじいいようもうだめだめだめだめじっごでぢゃっでああああああ」

「花、出すよ。な、中に出すからね」

矢崎は腰をふる。亀頭がさらにうずきを増す。神経の芯が真っ赤に焼け、陰嚢の肉門扉が荒々しく開いて、精液の濁流が暴走しはじめる。

「あああ。おおおおお。おどうざんわだじおがじぐなるおがじぐなるおじんぼぎもぢいいおじんぼぎもぢいいま×ごいいのま×ごま×ごま×ぐぉおおおおおお」

「出る……」

「おおおお。おおおおおおおおっ!!」

——ぴゅるるるっ! どぴゅどぴゅぴゅる! ぶぴぶぴぶぴぴっ!

矢崎は恍惚のロケット花火になった。

耳ざわりなノイズとともに、一気に中空に撃ちだされる。

おぼえるマグマの爆発感は、間違いなく矢崎史上最高最強。天空高く花を抱きかかえ、どこまでも突きぬけていく心持ちになる。

(最高だ)

魂までもが揮発してしまいそうなカタルシスだった。身体の全部が陰茎と化し、ドクン、ドクンとザーメンを吐きだしているような気さえした。

「おうっ……おうっ……お父さん……おおお……」

「花……」

ようやく花に気づいたのは、おそらくすでに五回か六回は、男根を脈打たせたあとだった。

……ブクブク、ブクッ。

「おお……」

見れば極太を根元まで食いしめた膣からは、蟹《かに》のあぶくさながらに、精液と愛蜜が混濁したらしき白い泡が、品のない音を立てながら逆流してくる。

(花……)

花もまた、絶頂の中にいた。

それは、見てけいけない姿だった。

完全に白目を剥いている。

開いた肉厚の朱唇からは、下品に舌を飛びださせていた。

汗まみれの裸身を何度も何度も痙攣させ、美しい少女はこの世の天国に酔いしれた。

(ありがとう)

矢崎はいつまでも、花の中にいた。

みずみずしい忱沼がなおも波打つ信じられない気持ちよさとおのれの幸せに、ずっと長いこと浸りつづけた。

終章

「やばいよ、花。やばいやばいやばい」

「平気だってば、お父さん。いやだ、すごい顔」

ジェットコースターのビークルは、不穏な音を立てながら上へ上へとあがっていく。よりによって順番で、いちばん前に乗っていた。

矢崎はレバーに全力でしがみつき、みるみる近くなる青空に、たまらず両目を大きく見開く。

「あはは。お父さん、しっかり」

「花、怖い。お父さんだめなんだ、こういうの」

「あははは」

「いや、あはははははじゃなくて」

花はおかしそうに何度も笑う。

本人だって、それなりに怖いはずなのだ。だが矢崎があまりにもチキンなせいで、怖がるより先に笑ってしまうのであろう。

(マジで死ぬ)

矢崎は思った。

遊園地デートはたしかに楽しみだった。

かわいい花とふたりきり、こんな休日が楽しめるだなんて、これが神様の贈りものでなくていったいなんだと言うのであろう。

だが、やはりジェットコースターだけは、なにがあろうと拒否するべきだったとつくづく思う。こんなものに乗ってしまったら、父親としての威厳どころか――。

(来た)

いよいよビークルがレールの頂点に来た。

ああ富士《ふじ》よ、そこまで大きくてどうする。

こんなものに乗ってしまったら、父親としての威厳どころか、男としてのメンツさえ、完膚なきまでに粉砕されてしまうではないか。

「きゃあ。来た来た来た来た来た」

隣で花がかわいい悲鳴をあげた。だが、そんな娘に答える余裕はもはやない。

（はじまった）

「ぎょえええええええええっ」

「きゃあああ。あははは。きゃあああああ」

いよいよビークルが下降に転じた。

じわり、じわりの怖さから、心臓が喉から飛びだしそうな絶叫系の恐怖に変わる。

ふたりの世界は錐もみ状態で変化した。

どちらが天でどちらが地面かわからない、地獄の時間に突入する。

「ぎょええええ。花、花ああああっ」

「きゃああああ。お父さん、大好きだよ。大好きだからね」

「花あああ、花あああああっ」

「あはは。ここにいるよ。お父さん、私、ここにいる」

恥も外聞もなく恐怖におののく矢崎に、叫びながらもかわいい声で花が答えた。

ちくしょう、おぼえていなさい、花——涙が目のわきを流れていくのを感じながら、
矢崎は思った。

ビークルから降りたら、人目もはばからず抱きしめてやる。どんなに恥ずかしがっ

ても、許さないのだからな。

「ぎゃああああ」

「あはは。あはははは」

ふたりの世界は、なおもまわった。

ああ富士よ、なにゆえあなたは今、逆立ちをしておられるのだ。

矢崎はなおも絶叫した。花のかわいい悲鳴がかさなった。

義妹の真紀の笑顔が、杏奈と廉のはにかんだようなツーショットが、そして、腕組みをしてため息をつく美琴が、白い歯をこぼすシーンが脳裏にかさなる。

みんなが応援してくれていた。

自分は幸せ者だと、心から思った。

世界がまわった。

上へ下へと揉みくちゃにされた。

叫びながらも、矢崎は幸せだった。

かわいい悲鳴をあげる十七歳の娘との日々は、まだはじまったばかりだった。

◉新人作品**大募集**◉

マドンナメイト編集部では、意欲あふれる新人作品を常時募集しております。採用された作品は、本人通知のうえ当文庫より出版されることになります。

【応募要項】 未発表作品に限る。四〇〇字詰原稿用紙換算で三〇〇枚以上四〇〇枚以内。必ず梗概をお書き添えのうえ、名前・住所・電話番号を明記してお送り下さい。なお、採否にかかわらず原稿は返却いたしません。また、電話でのお問い合せはご遠慮下さい。

【送付先】 〒一〇一-八四〇五 東京都千代田区神田三崎町二-一八-一一マドンナ社編集部 新人作品募集係

少女中毒《しょうじょちゅうどく》【父《ちち》×娘《むすめ》】禁断の姦係《きんだんのかんけい》

二〇二一年十二月十日 初版発行

著者◉殿井穂太【とのい・ほのた】

発行◉マドンナ社
発売◉二見書房
東京都千代田区神田三崎町二-一八-一一
電話 〇三-三五一五-二三一一(代表)
郵便振替 〇〇一七〇-四-二六三九

印刷◉株式会社堀内印刷所 製本◉株式会社村上製本所 落丁・乱丁本はお取替えいたします。定価は、カバーに表示してあります。
ISBN978-4-576-21183-1 ◉Printed in Japan ◉©H.Tonoi 2021

Madonna Mate